呪街

警視庁異能処理班ミカヅチ

内藤 了

主要登場人物

【ミカヅチ班】警視庁本部の地下を間借りしている警察庁の研究班

安田怜——エンパス系霊能力者　警察庁外部研究員。

折原堅一郎——首なし幽霊　もと警視正・ミカヅチ班最高責任者。

土門一平——陰陽師　土御門家の末裔・警視庁警部・ミカヅチ班班長

極意京介——悪魔憑き　警視庁捜査一課の刑事。

広目天——盲目の霊視能力者　警察庁外部研究員。

松平神鈴——虫使い　豊後杵築藩松平家の末裔・警察庁職員。

【三婆ズ】ミカヅチ班の外注先である特殊清掃業者

武者小路リウ——白髪痩軀で男好き。

大善千——ドレッドヘアで熊体形。

小宮山かつ子——毒舌の漬物名人。

目次

デザイン――館山一大
写真――館山一大

呪街（じゅがい） 警視庁異能処理班ミカヅチ

——警視庁本部及び警察庁を含む中央合同庁舎ビルは、大老井伊直弼が暗殺された桜田門外、豊後杵築藩松平家の跡地に建ち、上空から見ると奇態な形状をしている。

その形状が奈落に滾る怨霊を鎮めるための『呪』であると知る者は少ない——

エピソード1 江戸麴町・地獄谷の吹きだまり

――吹きだまり：雪や落ち葉などが風に吹き寄せられてたまっている場所。
行き場のない人たちが、自然と寄り集まる所。

デジタル大辞泉　小学館――

プロローグ

桜の白い花びらが吹き下ろしのビル風に弄ばれている。夜目にはそれが舞い散る雪に思われて、男はブルンと身を震わせた。行く手は左右からビルが迫って、樹木もなく花もなく、どこから桜が吹かれてくるのかわからない。街灯はさみしげにぼんやりとして、光の粒子が闇に染み出ていくようだ。

「ううう……」

と、男は身震いすると、首を回して頭上を見た。花のありかを探そうというわけではなくて、防犯カメラを確かめたのだ。真夜中で、明かりが落ちたビルに人影はなく、防犯カメラは見当たらない。これ幸いにと男は電柱の陰で立ち小便する。臭気を含んで立ち上る湯気をぼんやり眺めて用を足し、ファスナーを上げて歩き出す。

それほど飲んだつもりはなかったが、安酒はパンチのように突然ボディに効いてきて、電柱の陰を出たときは足がもつれて転びそうになった。広い通りから奥の道へと進むうち頭もガンガン鳴り出して、首の後ろに心臓が移動したかのようだ。

「うう……ちくしょう」

首筋を揉みながら、男はビルの間に空いた幅九十センチに満たない隙間へ入った。

ビル壁に体の左右をこすりつけるようにして裏手へ出ると、隙間より少しだけ広い小路があって、片側には別のビル壁がそそり立ち、反対側はコンクリートブロックを積み上げた塀が続いていた。塀の高さは大人の胸あたりまで。上から笹藪が突き出している。

そこが男の今の住まいだ。敷地面積百坪あまり、昭和か、もしくは大正時代に建てられたと思しきアパートで、周囲をビルに囲まれているため、ビルの隙間を行かねばたどり着けない。重機が通れるだけの道幅がないから、取り壊しもできなければ修繕工事も難しいという代物だ。時代の潮流に乗り遅れ、都会のど真ん中に取り残された廃墟寸前のボロアパート。こんな場所にこんな物件があるなんて、知る者はほとんどいないだろう。

頭上にはみ出た笹藪を避けながら、男はフラフラと先へ進んだ。

ちくしょう……ちくしょう……臨時雇いだと思って馬鹿にしやがって……大声で怒鳴れば言うことを聞くとでも思っているのか。てめえだって俺より少しばかり先に仕事を覚えただけじゃあねえか、真面目くさったアホヅラにツバを吐きかけてやりてえ……てめえらは負け犬だ、あんな仕事、真面目にやる気が出るかってぇの。

男の頭にはどす黒い怒りが渦巻いていて、酒を飲んでも消すことができない。それどころかますます腹が立ってきた。俯(うつむ)いて歩くと吐きそうになるが、ここへ吐いたら踏むのは自分だ。伸び上がって塀の向こうへ吐いてやろうかと頭を上げると、枝で目を突かれそうになったので諦(あきら)めた。腰を屈(かが)めて這(は)うように路地を進んでいく。

ざわざわ……ざわざわざわ……

アパートの庭で笹が鳴る。ビルの谷間にありながら、夜の乏(とぼ)しい明かりで見ると、この一帯だけが怪談映画のセットのようだ。横手に開いた門のあたりで微(かす)かな明かりを灯(とも)しているのは前の住人が残していったソーラーライトで、日当たりが悪いため真夜中には役に立たなくなる。体を支えようとして塀に触れると、ぬるりと滑(すべ)ってペタリと張り付く。その手を服で拭(ふ)きながら、ようやくアパートの入口に立った。

道が狭くて不便だが、そもそもこんなところへ越してくるヤツは家財道具のひとつもなくて、せいぜいスーツケースを運ぶ程度だから、狭くても問題ない。男が持ってきたのも着替えとスマホ程度である。

ソーラーライトは溜息(ためいき)のように光って、すぐ消えた。地面から風が吹き上げて、男の体を下から撫(な)でる。立地のわりに家賃が格安だったので、物件を見もせず入居を決めたが、まあ、こういうことだよな、と建物を眺めた。掘り出し物だと舞い上がっていただけに、衝撃と落胆は甚だしかった。

畜生、どうしていつも俺ばっかりが貧乏くじを引くんだよ。日当たり、風通し、共に最悪。建物はもはや廃墟のようで、寝る場所に屋根が付いているだけという程度。麴町界隈になぜこんな安い物件があるのか不思議だったが、現地を目にして納得できた。

見ろよ、ええ？　俺に相応しいと思ってんのか？　ああ、そうだよ。どうせ俺にはこんな住処が相応しいよ。ちくしょう、馬鹿にしやがって。

男は地面に生唾を吐いた。何もかもが忌々しい。酔っ払って気分が悪いのも誰かのせいだ。ボロアパートにしか住めないのも誰かのせいだ。何もかも俺以外の誰かのせいだ。

あと少しで玄関なのに頭痛はますます酷くなり、酷い吐き気に襲われて、男はその場に腰を折る。そのまま地面にあぐらをかくと、雨でもないのにズボンの尻に湿気を感じた。横ざまに倒れそうな体をグラグラさせて、半分寝ながら玄関を見上げる。

うわあ……くそう……とにかくあそこまで行かないと。

古い二階建てアパートは、六畳一間にシンクと押し入れ、申し訳程度の靴脱ぎがある。上下合わせて二十二室あって、二階が十二室、一階が十室だけなのは、大家の部屋が広いのと、玄関ホールと各部屋の郵便受けにスペースを取られているからだ。トイレは共同、風呂はない。玄関を入るとホールから建物の奥までコンクリートの土間が突き抜けていて、裏には井戸と井戸水を汲み上げるポンプがあるが、薄気味悪いので行ってみたことはない。

二階は階段を上がった脇に一室、どんつきにあるトイレの脇に一室、通路の両側にそれぞれ五室の部屋がある。どの部屋も窓はひとつだけ、開ければ藪を介してビルの壁がそそり立っている。大家はジジイで、ほとんど部屋を出てこない。大家も不動産屋も建物の管理をしないから、便所掃除は住人がやる。当番制だが、現在の入居者は自分と向かいの部屋の住人だけだ。庭は藪が生え放題、建物内部は古色蒼然として、電話線や電気コードが剝き出しのまま壁を這い、レトロを冠するオバケ屋敷さながらだ。

尻の濡れる感じが我慢できなくなってきたので、男は「くそう」と立ち上がり、老人のように腰を折って玄関を開けた。非常灯なんてものもないから真っ暗闇だ。施錠もしないで不用心だが、泥棒がくるはずもない。金目のものなどありはしないし、むしろ祟りや怨念を背負って帰りそうな雰囲気がある。

それが証拠に玄関内部へ入ったとたん、刺すような臭気に顔をしかめた。越してきて最初に驚いたのはこの臭いだった。家畜小屋のそれとも違う異様な臭気は、花見のとき公園に増設される便所の臭いに近かった。共同トイレの臭いかと思えばそうでもなくて、建物のなかではトイレの設備が一番新しく、その臭いでないのは明らかだった。

臭いの原因がわからないまま、男はいつしかそれにも慣れた。玄関を入ったときには『うっ』と思うが、自室に入ってしまえばやがて忘れる。クソッタレと悪態を吐きつつ、こうしてアパートにも帰ってくる。

嗤ってんのか、今に見てろよ、思い知らせてやるからな。誰にともなく怨みを呟く。

ガタピシと玄関を閉め、手探りで階段の手すりを掴(つか)んだ。階段は急勾配(こうばい)だから、転ばないよう慎重に踏み面に足を掛ける。と、なぜか二階がザワついていた。

酔った頭で、（クソうるせえ）と文句を言った。

向かいの居住者は陰気な男で、部屋に友人を呼ぶようなタイプではない。大家を訪ねてくる者もない。そもそも狭い六畳間に何人の客が入れるだろうか。

それなのに、とても大勢の気配がしている。

「なんだぁ？　このやろう……」

グラグラしながら上を睨(にら)むと、転落防止用の木製手すりが闇の中から見返してきた。さらに上には板天井のコンパネと剝き出しの桟が広がっている。布が巻かれたコードに蜘蛛(くも)の巣(す)が絡みつき、スイッチを押しても明かりは点(つ)かない。電球が切れそうだから交換してくれと大家に頼んだのはいつだったか。部屋の中から生返事をするだけで、ジジイはまったく仕事をしない。男はチッと舌打ちをした。耳を澄ませば、やはりザワザワ音がしている。テレビの音などではなくて、大勢の人が蠢(うごめ)く気配だ。

「何時だと思っていやがる。俺をバカにしてんのか……やるかぁ？　このやろぅ……」

男はムンズと手すりを掴んで階段を上った。

二階の廊下に人影がある。暗くて姿は見えないが、ボロ屋の廊下にひしめくように大勢が立っている。いったい何人いるのだろう。ざわざわざわ……ざわざわざわ……密(ひそ)やかな声は風が笹藪を揺らすかのようで、言葉としては聞き取れない。なんだよ、おめえら。ふざけんなよ、俺のアパートで何してやがる……上がりきってしまえば人に押されて階段を転げ落ちそうで、男は階段から文句を言った。

どけよ、うぜえよ、聞いてんのか、おら。

またも尿意を催した。男は四つん這いで階段を上りきり、一番手前にいる奴を引きずり下ろしてやろうと腕を伸ばした。手応えはない。

「どけよ、おい、おい、聞いてんのか」

闇雲に腕を振り回したが、手応えがないので立ち上がり、二階の廊下で横歩きを始めた。鬱陶しい奴らを殴ってやろうとするたびに、腕は虚しく空を切る。

トイレは廊下の突き当たり、左側の奥が男の部屋だ。

「ちょっ……どけって……てめえ、このやろう……」

のらりくらりと人垣は割れ、クラゲの中を行くかのようだ。なんだあ……このやろう……ユラリとぶつかり、グラリと戻され、吐き気で壁に手をついた。頭痛は一向に治まらない。どけよ……どけって言ってんだろうが。建物自体はせいぜい十数歩でどんつきまで行ける大きさなのに、なぜか部屋まで行きつけない。なんだよ、ヤべえな、酔ってるな。

グラグラしながらさらに進んだ。

ざわざわざわ……ざわざわざわ……よろけて誰かにぶつかったはずが、ドスンと床に尻餅をつく。バカ野郎……ここは、俺の……アパートだぞ……ざわざわ……そのうちに自分がどこにいるのかわからなくなってきた。

階段を上りきったら角部屋の前で、左右に部屋は五つずつ。左の奥が自分の部屋だ。まてよ？ それなのに俺は、ずいぶん長いこと歩いてないか？

男は次第に混乱してきた。暗闇がグルグル回って、もはや何も考えられない。自分のアパートへ戻ったはずが、ここはアパートじゃねえのかな。まだ繁華街の喧騒の中か？

左へ曲がって先へ行く。するとまた長い廊下があった。ざわざわざわ……ひそひそひそ……左だよな、合っているよな？ ちくしょう、もうなんでもいいや。どうせ空き部屋ばっかりじゃねえか。こんなボロアパート、どこで寝たってかまやしねえ。それにしてもトイレはどこだ。トイレはよう……千鳥足のまま進んでも、どこもかしこも人だらけ。トイレの場所もわからない。激しい尿意を催して、男は人垣をかき分ける。

どけ、こんちくしょう。ざわざわざわ……うわ、ヤベえ。男は手に触れたドアを引き、ファスナーを下ろして放尿した。なんだよ、てめえら、いったいなんだ。ざわざわざわ……ひそひそひそ……おまえら、どこから来たんだよ。俺のアパートでなにしてるんだ。こんな夜中に……俺ん家で……。

目を開けると、街ではなくて室内だった。目の前は畳で、古い卓袱台ひとつと、蚊取り同じように漆喰壁で、同じようにひび割れたり、剝がれたりしている。シミだらけでセロハンテープの跡があり、間柱や貫が剝き出しで、電気コードが桟を這い、凄まじい悪臭がした。顔を捻ると畳が汚い茶色に変色している。それ以外の部分もささくれだってひずんでいた。壁には窓がひとつあり、ボロボロのカーテンが下がって、木枠にはめ込まれた濁りガラスに薄い光が差していた。

「うぁ……？」

万年床も鴨居に掛けた服もない。リユースで手に入れたカーテンも、卓袱台代わりのスーツケースも、床一面に散らばったゴミもない。ヤニ色の板天井は自分の部屋と同じだが、ここは自分の部屋ではない。男は大の字になったまま、しばらく天井のシミを眺めた。激しく喉が渇いていたが、起きれば吐き気が襲ってきそうで、ゆっくりと慎重に体を起こした。

それは見慣れた感じの六畳間だった。

押し入れは、襖も棚も壊して部屋を広く見せている。入口ドアを入ったところに申し訳程度の靴脱ぎがあり、脇がシンクとコンロである。間取りは確かに同じアパートのもの、けれど男の部屋ではない。酷い臭いに顔をしかめた。

臭いの原因は畳であった。変色した畳の部分が腐っているのだ。濡れて凹んだその場所から、鼻を衝くアンモニア臭が立ち上っている。

「う……げっ」

彼はのけぞり、尻で後ずさって頭を掻いた。マズいぞ、俺だ。昨夜、酔っ払って小便したんだ。トイレと思ったのが部屋だった……ていうか、ここってどこよ？

ふらふらと立ち上がって窓を見た。天井が低いので下がり壁に頭が着きそうだ。なんとなく自分の部屋の景色と違う。靴脱ぎを見ると靴もなく、靴は履いたままだった。土足で部屋に上がったようだ。トイレだと思っていたのだから当然だが、こんな古い部屋なら土足でもかまうまい。靴脱ぎに移動してドアを開けると目の前に階段の手すりがあって、自分の部屋が左奥に見えた。つまりは階段の脇の部屋にいるってことか。階段を上った脇の部屋、大家の部屋の真上の位置だ。

恐る恐る振り向いて、畳のシミをじっと見る。

粗相をした俺も悪いが、どう見ても自分だけの仕業じゃねえな。昨晩の一回でこんな状態になるはずがねえ。

汚れは畳に染み込んで、その下の床を侵蝕している。掃除をする気などさらさらないので、男は黙って部屋を出た。自分の部屋の鍵を開け、素早く自室へ滑り込む。蛇口から直に水を飲み、顔を洗って頭を上げると、歯ブラシ棚の奥の鏡に、酷い顔をした自分が映っていた。

「ったく……なんだよ……」

鏡の男に悪態を吐く。なんであの部屋で寝てたんだ俺は。

次第に思い出してきた。そうだよ。人が大勢いたんだよ。歩けないほど、狭い廊下に。ドアを開けて大勢がいた廊下を見ていると、向かいの部屋のドアも開き、片付けをする住人の姿が見えた。三十がらみで髪がボサボサで、髭面の陰気な男だ。そいつがせっせと段ボール箱に荷物を詰め込んでいる。

男は急に不安になった。ここへ越してからほかの部屋を覗いたことなどなかったし、大家とだって壁越しに話をしただけだったが、なんとなく、また先を越されたような気持ちになってきた。いつも貧乏くじを引く。こんなボロ家に住んでいるのが俺だけではないと思えたことが、どれほど慰めになっていたか。

男は手のひらでベロリと顔を擦ると、フラフラと向かいの部屋へ歩いていった。

「あの……どうも……」

廊下に立って声を掛けると、髭面はビクンと首をすくめた。そして、まるで怖いものでも見るように男のほうを振り返った。

「202号室の小堺ですけど……あの……昨夜……――」

肩越しに自分を見る顔が恐怖で引き攣っているようで、男はわけもなくゾッとする。

「――何かあったんすかね？　ほら、昨夜、ここに人が大勢いたじゃないすか？」

半分は酔っ払っていたせいだろうと思ったけれども訊いてみた。当然否定されると思っていたら、髭面は凄まじい速さで荷物を箱に詰め込み始めた。

「あれ？　やっぱ大勢いましたか？　あれって……」

「あんたも早く出たほうがいい」

ガムテープで手早く封をすると、髭面は立ち上がって壁のポスターを剝がし始めた。一枚が剝がれるたびに壁のシミが露わになっていく。それを順次床に置き、重ねて丸めながら振り返り、顔を歪めて吐き捨てた。

「わかってんだろ？」

いや、ちょっと……男は返答に困って訊いた。

「引っ越すんすか？」

髭面はもう答えなかった。男を無視して作業を進める。

バカ野郎、と頭の中で罵りながら、男はいたたまれずに階段を下りた。外の空気を吸いたかったからだが、玄関が開きっぱなしになっていて、草だらけの庭に髭面が出した荷物の箱と、彼の自転車がまとめてあった。万屋業者のつなぎを着た男がビルのほうから戻ってきて、荷物を二つ重ねて持つと、

「新しいところが決まってよかったですね」

と、笑った。引っ越す本人と間違えたらしい。

「さすがにここはマズいっすよ」

そう言うので、思わず訊ねた。

「ここのこと、何か知っているのかよ」

「いや、そりゃ、まあね」

業者は帽子の下から建物を仰いだ。

各部屋は肘掛け窓に申し訳程度の高欄が付いているのだが、庭から見ると劣化の甚だしさがよくわかる。高欄の裏側にはみっちりと蜘蛛の巣が張り、蛾の卵が産み付けられて、板に隙間が空いた箇所もある。一階の部屋の窓などは壁を這い上がった蔦が再び上から垂れ下がって、窓をほとんど覆っている。ガラス越しに見えるのはボロボロになったカーテンで、住人がいないからずっと半開きのままである。

「ここって、殺人、あったっしょ」

のんびりとした感じで言うと、業者の男はニタリと笑った。

「七、八年前だから知らないか？　犯人はここに住んでた人で、殺されたのが二階の住人……自殺もしょっちゅうあるし、裏庭の井戸なんかは人がよく飛び込むみたいだし……結構有名っすよ？　俺たちの間じゃ」

それだけ言うと荷物を抱えて行ってしまった。髭面が階段を下りてきて、庭先に段ボール箱を置くと、踵を返して二階へ向かった。男は彼を追いかけた。

「ねえ、ちょっと。昨夜は人がいましたよね？　あんたも見たでしょ」

背中に問うと髭面は面倒くさそうに立ち止まり、顔を歪めてこう言った。

「人じゃあねえよ」

「え？　じゃあ、なんですか」

「知らねえよ」

「え、ちょっと」

思わず腕に触れると振り払われた。彼は階段で振り向いたまま、目だけをキョロキョロさせて声を潜めた。まるで、誰かに聞かれるのを恐れているかのようだった。

「……あんた……204号室に入ったことあるか」

204はあの部屋だ。畳が腐った角部屋のことだ。

怖気（おぞけ）がしたので黙っていると、相手はフッと鼻で嗤って、

「泥酔したとか、疲れてるとか……するとあの部屋へ連れてかれるんだよ。ここって酷えニオイだろ？　それはみんながあそこで小便するからだ。家賃が安くて場所がいいから我慢していたけどさ、もはやそういう問題じゃねえ。公園で野宿するほうがマシだ」

髭面は急ぎ足で階段を上り、丸めたポスターと部屋の鍵を持って下りてきて、一度だけ男を振り返ってから、自分の郵便受けに鍵を放り込んで出ていった。

「万屋さん、あとは俺が持ちますから。自転車だけお願いします」

庭で髭面の声がする。業者と一緒に出ていく声だ。

男はその場に立ったまま、薄暗い廊下を見渡した。板天井は所々に隙間が空いて、ガイシを経由したコードが各部屋のメーターにつながっていて、裸電球は黒ずんで、アンモニアの臭いがする。――人じゃあねえよ――髭面の言葉が耳に残って、男は拳を握った。ざわざわざわ……ひそひそひそ……巨大クラゲのような黒い影、たしかにあれは人のようではなかった。壁にも床にも手すりにも、古い時代の気配が残る。

向かいの居住者が去ったいま、このアパートで生きているのは、俺だけだったりするのかよ。そんな考えが脳裏を過(よ)ぎる。

さすがにここはマズいっすよ。

万屋業者のニヤけた顔が、どうしようもなく癇(かん)に障(さわ)った。

其(そ)の一　祓(はら)いの依頼

ポロピレポロポン！　とスマホが鳴った。SNSに通知がきたのだ。

煎餅布団(せんべいぶとん)にくるまって惰眠を貪(むさぼ)っていた安田怜(やすだれい)は、手探りでスマホを探して引き寄せた。瞼(まぶた)の裏で夢がまだ展開していて、自分は公園のベンチにいると思っていた。かろうじて目を開けると掛け布団が見えたので、（そうか。アパートを借りたんだ）と、自分に言った。

安アパートの小さな窓に夜明けの光が差し込んでいる。昨夜も帰りが遅かったから、出勤ギリギリまで眠りたかったのに、気になってコメントを開いてみた。そもそも自分にメールしてくる相手はいない。SNSのフォロワーはいないし、仕事仲間ともまだそれほど親しくはない。それなのに誰から連絡が来たのだろうと画面を見ると、なんと除霊の依頼が来ているのだった。

——本当に困っているんで　助けてください——

枕に頭を預けたままで寝ぼけ眼をシバシバさせて、

「ふぁ……マジか……」

と、呟いた。時刻は午前五時過ぎで、寝直すにしても起きるにしても微妙すぎる時間である。怜はごく短い返信をした。

——すみません　祓い師はもう辞めたんです——

喰うに困って始めた祓い師のバイトは、何ヵ月か前に辞めてしまった。今はそれなりに職を得て生活も安定してきたところで、だからもう、たった独りで有象無象の悪意と向き合うつもりはなかった。祓い師のアカウントは削除したつもりだったけど、バタバタしていて消し忘れたのかな？　眠気が去ってしまわぬうちに夢の尻尾を捕まえようと布団に潜ると、またもホワン！　と音がした。返信が来た音だ。

「……ええー……」

嘆きながら画面を見た。

――麹町の古いアパートです　殺人が起きたり　自殺があったり　不審死が起きたりしています　引っ越そうにも金がなく　助けてください　お願いします――

『金がなく』という部分に同情を覚えた。その辛さは身に染みてわかるから。

「あー……でも、もう辞めたんだよ。悪いけど」

布団に潜って返信をした。

――できないんです　すみません　どこかほかを当たってください――

相手もすぐに返してきた。

――別の入居者が出ていって　いま俺一人だけなんす　それなのに　人がたくさんいるんです　ありえない　これ　なんですか　ヤバいっすよね？――

「だから……祓い師はもう辞めたんだってば」

そう打ち込もうとしたとたん、なぜかメッセージが入らなくなった。その間にも、相手からはコメントがどんどん送られてくる。

――204号室が変なんですよ　住人がみんなそこで小便を　畳の上にするんです　俺もしたけど　最近じゃ、寝ていて気がつくと204号室にいることがあって　俺が住んでる部屋は202で　部屋を出た記憶もないのに　204にいるんです　あと　夜中になると人が大勢やって来て　廊下でゴソゴソ話をしている　大家はいるけど見たことないし

玄関も　廊下も　次々に電気が壊れていって　とにかく誰かいるんです　たすけてくださ
い　おねがいします――

徐々に眠気も覚めてきて、怜は起き上がって煎餅布団に正座をすると、片手で髪を掻き上げながら改めて相手のコメントを読んだ。

「麹町……あー……麹町かぁ……麹町のどのあたりかな」

麹町のあたりには、むかし湿地帯があったと思う。湿地帯は霊を呼びやすい。しかも古いアパートだって？　怜は顔を上げて窓を見た。ここもけっこう古いけど、周囲は住宅街だ。だけど麹町？　あんな一等地なら、まわりはビルばかりじゃないのかな。そこにアパートが残っているって……尋常ならざる何かを感じ、怜は「うーん……」と低く唸った。

冷やかしやいたずらでないのはわかるが、今の自分にできることはありそうにない。

――昨夜なんか　部屋のドアをノックされたんす　誰もいないのに　怖くてお札を貼ったんすけど　朝になったら破れて床に落ちてたんだよ　ヤバくないすか？　ヤバいすよね
あなたのことは口コミサイトを見て知りました　良心的な祓い師で　腕も確かと書いていた　助けてください　お願いします――

お札が剝がれたというのなら、間違いなく凶の徴だ。

怜はガックリうなだれて、しばらく考えてから打ち込みをした。

――わかりました　見るだけですよ――

またはじかれるかと思ったのに、今度はすんなり送信できた。相手が住所を送ってきたので、返信せずに布団に戻る。眠気はどこかへ飛び去っていた。天井を睨んで、

「ああ、もう……くそ……」

と、呟いてみる。目覚ましアラームが鳴るまで三十分を切った。このまま起きるか、無理して眠るか、無理して眠ればアラームが鳴っても起きられないかもしれない。

怜は再び起き上がり、トイレの窓ほどしかない窓を開け、夜明けの風を呼び込んだ。そこから見えるのが向かいのビルの外壁だけでも、風が脂臭くても、朝の空気は清々しいと思うことにした。隙間から顔を出して下を覗くと、建物の隙間に太った茶色の猫がいる。住人の誰かがペットボトルやコンビニ弁当のゴミを捨てているみたいで、猫は山になったゴミの間を歩きにくそうに迷っていた。

「……麹町かぁ」

呟きながら腹を掻き、ついでに背伸びして、あくびもした。

ビル街に残された古いアパート。そういう場所にはあまり行きたくないんだけどなぁ。

有象無象と渡り合うのは『本業』だけで充分なのに。

安田怜は昨年の冬、その手の仕事に正式採用されたのだった。

濃紺の制服を着た警察官、背中に『警視庁』の文字が入ったベストで歩く者たちや、スーツ姿の刑事に職員。ほとんどの人が一心に前を見据えて建物内部を行き来するなか、怜はTシャツにパーカを羽織ってバックパックを背負い、桜田門の警視庁本部へ駆け込んだ。赤いストラップで首から下げた入館証を専用機器にかざすと、ゲートが開いて中へ入れる。ようやく警備員の姿も見慣れて、無駄に緊張しなくなったけど、最初のころは何も悪いことをしていないのに、いつ呼び止められるかとドキドキしたものだった。

ゲートを通ると真っ直ぐにホールを進んで長い廊下を歩いていく。ほとんど裏口へ向かうほど距離を稼ぐと職員用のエレベーターをやり過ごし、さらに奥にある荷物用エレベーターのボタンを押した。ドアもなく、壁もなく、荷物の落下防止用の柵しか付いていない箱を呼び、蛇腹の扉を手動で開けて、乗り込んで、手動で閉めてボタンを押すのだ。

このエレベーターには事故で死んだ宅配業者の残留思念が憑いている。彼は配達を急ぐあまりに、壁のない庫内で首を挟んで死んだというが、『荷物を届けなくちゃ』と焦りまくったシーンが壊れたビデオテープのように再生され続けている。幽霊ではなくただの思念なので、悪さもしないし反応もないが、たまさかそれを目撃した人が怖い噂を流してくれて、それが怜の勤務する部署によい影響を与えている。人が気味悪がって、ここへ近寄らなくなるからだ。

ゴゴゴ……と、もの凄い音を立てながら箱は階下へ沈んでゆき、地下三階に着くと、ぶつきらぼうに突然止まる。怜は蛇腹の扉を開けて地階に降り立ち、再び手動で扉を閉める。職員用エレベーターが行き着くのは地下二階の駐車場までで、地下三階へ行こうとすれば荷物用エレベーターを使うしかない。つまり地下三階は、『人が働くフロア』として認識されていないのだ。このビルでは何万人もの人が働いているが、地下三階にも『人が働く』部署があると知っているのは数えるほどだ。そしてその人々だけが、警視庁本部及び警察庁を含む中央合同庁舎ビルの秘密を共有している。

ふたつの建物は、大老井伊直弼が暗殺された桜田門外、豊後杵築藩松平家の跡地に位置し、上空から見ると、とても奇態な形状をしている。その形状こそが奈落に滾る怨霊を鎮めるための『呪』で、それを鎮めた扉を警護しているのが警視庁異能処理班ミカヅチ、安田怜の新しい勤務先である。

荷物用エレベーターの先には薄暗くて長い廊下があって、低温の空気に満たされている。もちろん人気もなくて、常に静まりかえっている。部屋は廊下の左右にもあるが、書類や非常用ツール、有事の食料や医薬品などの置き場になっていて人はいない。ただし、廊下の最奥にそびえるシェルターのような扉にだけは、入室確認用のツールが備え付けてあるのだ。

午前八時十三分。

怜は長い廊下を奥まで進み、入室確認用のツールにＩＤをかざしてパスコードを打ち込んだ。扉が開き、内部が見える。その室内は、殺風景ながらもいちおうのオフィス仕様になっている。壁も床も天井もグレーで、事務用照明の代わりにダウンライトが光り、ランダムに置かれたデスクが六つ。ほかに会議用テーブルと、片隅に積み上げられた会議用の椅子、正面奥には赤いペンキで落書きされた鉄の扉が鎮座している。採用されたときに遵守すべきこととして言い渡されたのは、この扉には決して触れてはならないと。

扉を守るべくその前にデスクを置いて座っているのは最高責任者の折原警視正だ。緊急出動時以外はその場を動かず、食事もせず、トイレにも行かず、風呂に入ることもなければ眠ることもない。怜の採用を決めたのも彼なら、怜とバディを組んでいるのも彼である。ミカヅチ班で言うところの『バディ』とは、扉の秘密を守るため互いの命を縛り合う間柄のことだ。秘密を漏らせば怜は警視正に命を奪われ、警視正がそれをした場合は怜が彼を手にかける。この部署では全員が互いの命を握り合っている。

「おはようございます」

怜は警視正に頭を下げて、自分のデスクに荷物を置いた。

「おはよう安田くん。今朝は妙に浮かない顔だが、どうしたね？」

警視正はそう言うと、自分の頭を胴から外し、デスクに載せて髪を梳かし始めた。椅子に腰掛けた本体は、切り口も生々しい首なしだ。その光景も大分見慣れたが、配属当初はそれなりにギョッとして、見るたびに胸がザワついたものだった。警視正が亡くなったのは昨年の冬。平将門の首塚を改修工事している現場に入り、首を落として死んだのだという。悲しくも幽霊になってしまった今は、自身の頭蓋骨を拠り所として引き続きミカヅチ班の指揮を執っている。頭蓋骨は警視正のデスクに置かれ、彼はそれと一緒でないとどこへも行けない。ご遺族はさぞかし悲しんでおいでだろうと思ったりもしたけれど、当の警視正が飄々と暮らしているので、それについて訊ねたことはない。

「ええ。実は」

と、怜が話し始めたとき、給湯室から土門班長がお盆を持ってやって来た。

「おや安田くん、浮かない顔をしていますねえ。どうしましたか」

ひと目見て同じことを言う。そんなに酷い顔なのかと、怜は自分の頰をさすった。

怜はミカヅチ班の班長土門にスカウトされてここへ来た。土門は陰陽師土御門家の末裔だと言うが、格好良さも鋭さもなくて、メガネをかけたお地蔵さんのような風貌をしている。小柄で猫背の中年男で、哀愁漂うスダレ頭だ。

土門は警視正の前にお茶を置き、会議用テーブルにお盆を載せると、お盆はそのまま置きっぱなしに、自分の湯飲み茶碗だけ持ってデスクに掛けた。

「ポットにお湯が、急須にお茶が入ってますから、安田くんも朝茶をどうぞ。二番煎じのほうが美味しいと言う人もいるんですよ。一番煎じは茶葉を洗って、二番煎じが本番だとね」

「はあ」

怜はお盆を持って給湯室へ行き、自分の湯飲みに二番煎じの茶を淹れた。

ドアが開く音がしたので首を伸ばして室内を見ると、腰までの黒髪をなびかせて長身痩軀の男が入ってきた。年齢は二十代後半に見え、襟なしの長いシャツに白いパンツを穿いている。最初に会ったときは女性と思ったが、彼は先輩研究員の広目天で、立場としては怜と同じ警察庁関連機関の研究員だ。そのすぐあとから入ってきたのは警察庁職員の松平神鈴で、怜とは年齢が近く、小柄でたいへんかわいらしいビジュアルの持ち主だ。

怜は給湯室へ引っ込むと、三番煎じのお茶を湯飲みに注いだ。お盆に三つのお茶を載せ、同僚のデスクに置きに行く。ミカヅチ班のメンバーは警視正を含めて六人。一人は刑事で、それぞれ立場は違うのだが、有事には協力して対応をする。

ミカヅチ班は人が起こした事件ではなく、怪異が起こした事件を扱う班である。祓ったり調伏したりは一切せずに、『怪異が起こした事件を人が起こした事件に偽装し、速やかに処理、隠蔽する』のが職務だ。

「ヒロメさん、おはようございます。お茶、ここへ置きますよ」

広目は盲目なので、わざと音を立てて茶碗を置くと、

「出がらしの香りがするな」

彼は嫌みを言ってニヤリと笑った。

端整な顔をしているくせに、物言いはいつも辛辣だ。

「三番半煎じだけど出がらしじゃないですよ。色が出るのに勿体ないじゃないですか」

怜はかまわずその場を離れ、神鈴のデスクにも茶を置いた。

「色が付いてるだけではお茶とは言えない。安田くんは知らないんでしょ？　そういうお茶を『馬の小便』って呼ぶのよ」

松平神鈴もそう言った。この班のメンバーは結構ズバズバものを言う。

「知りませんよ。気に入らないなら淹れ直しますか？」

少しだけムッとして訊くと、神鈴は茶碗を手に取って、

「だけど私は全然平気。馬の小便でも水分補給にはなるもの」

何事もなかったかのようにお茶を啜った。広目も平気な顔で飲んでいる。

なんだよ、もう、この面倒くさい人たちは。と、怜は心の中で呟いた。

知り合って何ヵ月か経つけれど、未だに変な人たちだと思うことのほうが多い。怪異に関わってばかりいると、こういう性格になるのだろうか。

「新入り。朝茶の礼に聞いてやろう。浮かない顔の理由はなんだ」

広目の席は部屋の奥の片隅にある。彼には明かりが必要ないので席はいつでも薄暗い。

「見えないのにぼくの顔色がわかるんですか」

ていうか、いちおう礼は言おうと思っていたのか。

冷めてしまった自分のお茶をようやく飲んで訊ねると、広目は「ふん」と鼻を鳴らした。

「俺をなんだと思っている。目明のおまえに見えないものが俺には見える。なんならおまえより多くのものが見えているのだ。覚えておけ」

「そうよねえ。悩みがあるなら言ったらいいわ。溜め込んでいるばかりだと……」

「神鈴くんに『虫』を与えるようなものだからな」

警視正が「わはは」と笑う。面白くもない冗談に、神鈴は呆れて溜息を漏らした。

本当に奇妙な人たちだ。怜自身はコンビニのバイトくらいしかしたことがないけれど、職場というのはもっと、こう、ガチガチの社員教育から始まるものじゃないんだろうか。扱う仕事が特殊なら、同僚も特殊で異能な者ばかり。それでもここは、異能ゆえに孤独を味わってきた怜にとって、初めて存在を肯定してもらえた場所でもあった。

「報酬ナシなら職務規程違反にはならないと思うんですけど――」

怜は自分のスマホを出した。こんな話を相談できるのも『ここ』ならではだと思う。

「――と、いいますか、そもそもここに採用されたとき、ぼくは祓い師のバイトを辞めたんですよ。アカウントも削除したつもりだったのに、消し忘れていたようで……今朝、祓いの依頼が舞い込んで、もちろんすぐに断ったんですが、なんか切羽詰まってる感じで……一番は……その人にお金がないとわかったから」

「貧乏に同情したのか」

嫌みでもなく広目が言った。

「はい。住んでるアパートに、人が大勢現れるっていうんです。しかも場所は都内の一等地。お金がないのに住めるアパートが一等地にあるっていうのがもうね、怪しいというか、やっぱりというか」

神鈴はすぐさまパソコンを立ち上げて操作しながら、

「安田くんのアカウントなら、確かに凍結されているわよ。依頼が来たの、今朝ですって？　今朝ならつながるはずないわ。確かにここへ勤務して数日後には祓い師のアカウントが削除されているもの」

「え？」

と、怜は顔を上げ、神鈴のデスクへ寄っていく。モニターを覗いてみたけれど、膨大な文字列が浮かんでいるのみで、よくわからない。神鈴はSNSに接続し、『お助け祓い師』のアカウントにアクセスしたが、エラー表示が出るばかりでつながらなかった。

「あ、やっぱり。ですよね？　消し忘れたのかと思ったけど、そうじゃなかったんですね。じゃ、どうして受信したんだろう」

怜がスマホを神鈴に見せると、彼女は画面を読んでから、

「ほんとだ……受信してるわね」

と、呟いた。お地蔵さんのような顔でニコニコしながら土門が言う。

「インターネットやラジオなど、電気信号や音波や電波は、そもそもあちらと交信しやすいですからねえ――」

湯飲み茶碗を両手に持って、しみじみと昔を思い出すような表情をした。

「――私もね、以前こんなことがありました。たまさかネットで知り合った友人が末期ガンでホスピスに入りましてね、性別も年齢もわからない相手でしたが、ご家族もなく独りぼっちだと言うものですから、毎日メールを送っていました。特別なメールじゃありません。雨が降ったとか月が出たとか、そんな内容ばっかりでしたが、その人を気にかけている誰かがいると、少しは慰めになるのではないかという、まあ、私の自己満足ですね。初めは時々返事も来ていましたが、そのうちに絶え絶えになって、私としては届く限りは送り続けようと思っていたのが、あるときとうとう不通になって、メールが戻ってきてしまいました」

土門はお茶の残りを啜った。

「ああ。亡くなったんだな……ほんとうに亡くなったんだ……ぼんやりとそう思いましたねえ。見知らぬ相手ですから激しく悲しいというようなことはなかったですが、喪失感というか、無常というか、空虚な感じがしましたねえ。明日からはもうメールを送らなくていい。そのことが、ホッとしたのか悲しいのか、よくわかりませんでした。押しつけメールは実は迷惑だったのか、私はストーカー気質ではありませんけど、相手がどう思っているのかわからないわけですから、バカなことをしたような気もしましてね、ブルーな気持ちになりました。ところが、その翌日のことでした。パソコンのデスクトップにメールが一通張り付いている。コピーした記憶もないので不思議に思って開いてみると、なんと、その相手からの返信でした。

──雨上がりの朝　とどいた短い手紙──

若い人たちは知らないでしょうが、ダ・カーポの『結婚するって本当ですか』の歌詞ですね、メールには続いてこうありました。

──花屋の店先の　赤い電話に立ち止まる。ありがとう──

……不覚にも、泣きましたねえ。その人の想いは、魂の状態になってさえ、なんとか私に連絡しようとしていたのだと感じました。ありがとうと、たった一言を伝えるために」

土門は怜に目をやると、長い話を締めくくった。

「あちらとこちらは存外近いものなのですよ。多くの人が気付けないだけのことで。ですから安田くんの存在しないアカウントに通信が来たのも、何か理由があるのでしょう。今すぐにはわからなくても、高い場所から長い目で見渡せば、何かにつながっているのかもしれません。それがいいことでも、悪いことでも」

「どうするの？　安田くんは見に行くって返事をしているわよね？」

「土門班長の言うとおりだな……新人。おまえは理由があって呼ばれたのだよ」

と、広目も言った。

「ふむ。安田くんは現地へ行ってくるのがよかろう。個人が勤務時間外にすることは、職務規程違反にはならんよ」

警視正はニヒルに笑う。

「はい。ありがとうございます。行くには行ってきますけど。でも……」

怜は礼を言ってから、一番気にかかっていることを仲間に訊ねた。

「行って、もしも本当に何かがいたら、ぼくはどうしたらいいんでしょうか」

要するに、そこが一番相談したかったことなのだ。この班では起きた事件を処理することしかしないのに、何かいるのに気がついて、そうした場合は相手になんと言ってあげたらいいのだろう。相手が求めているのは救いだ。でも、自分はもう祓い師じゃない。

怜は仲間たちの顔を順繰りに見たが、神鈴は首をすくめただけで何も答えず、土門は立ち上がってお盆に茶碗を集めているし、警視正は首を後ろに回してしまった。

奥の暗がりに座る広目だけが、唇(くちびる)を歪めて怜に言った。

「早くそこを出ろと言ってやるがいい。ほかにできることはない」

「……ですよね」

怜はこれ見よがしに溜息を吐いた。何かあったらまた相談してきなさい、そのときは班を挙げて対処しよう、などと、言ってくれるはずはなかったのだ。
警視庁異能処理班ミカヅチの一員である安田怜は、その晩、早速、たった一人で、件の
アパートへ行こうと決めた。

季節は四月。旺盛に花を咲かせた都内の桜が一斉に散り始めているころだった。

怜は定時に警視庁を出ると、スマホの地図アプリを確認しながら件のアパートを懸命に
探した。アプリ上では目的地に着いているはずなのに、アパートなどどこにもないのだ。

「おかしいなあ」

呟きながら同じ場所をぐるぐる回っていると、

「ありゃま、ドラヤキ坊ちゃんじゃねえの？」

ずいぶん遠くで声がした。なんだ？　ドラヤキ坊ちゃんって？　そう思いながら振り返
ってみると、道端に四角い体の婆さんがいた。

「もしかして、小宮山さん？」

日が暮れたこともあって容貌はハッキリ見えなかったが、物言いとシルエットで確信で
きた。小宮山さんは警視庁本部ビルのお掃除婆さんだ。怜は彼女に駆け寄ると、

「ていうか、なんで『ドラヤキ坊ちゃん』なんですか。この前まで、ぼくのあだ名は『見

習いちゃん』でしたよね」

　文句を言うと、小宮山さんは鼻に小じわを寄せながら、

「おれは『見習いちゃん』でも『ドラヤキ坊ちゃん』でもいいんだけどさ、リウさんが、『ドラヤキ坊ちゃんのほうがかわいいわぁ』って言うからよ。あんた、笑った口がドラヤキそっくりに開くだろ？　それに、千さんだって言ってたよ？　いつまでも見習いじゃないから、ドラヤキ坊ちゃんのほうが長く使えるんじゃねえのって」

　それを言うならずっと『坊ちゃん』でもないぞ。呼び名が『ドラヤキあんちゃん』や、『ドラヤキおっさん』に変わっていくのは絶対イヤだ。

「申し訳ないですけど、リウさんも千さんもあだ名のセンス、ないですよ」

「おれもそう思うよ」

　小宮山さんは「ケッケ」笑った。

　リウさんと千さんもお掃除業者で、いつも三人でチームを組んでいることから、ミカヅチ班は彼女らのことを『三婆ズ』と呼んでいる。三人はどんな汚れも痕跡も、魔法のように消してしまうお掃除のプロなので、通常業務とは別にミカヅチ班が外注業者として雇うことがあるのだ。

　それにしても、今夜の小宮山さんは私服を着ている。お掃除会社の制服姿しか見たことがない怜にとって、総柄のだぶだぶブラウスと、ウエストがゴムの縮緬パンツは新鮮だっ

た。こんなところでなにをしているのか訊ねると、小宮山さんはニヒヒと笑って、

「決まってるじゃねえか、デートだよ。これからデートで、ま、ち、あ、わ、せ」

と言う。

「え？　だって小宮山さん、旦那さんがいましたよね」

それは一大事だと思って訊ねると、今度は「がはは」と笑ってから、

「バッカだなあ。冗談だよ冗談。おれほどの女が旦那以外になびいたら、自分にもチャンスがあるんじゃねえかって世間の男がソワソワするだろ。そんな罪は犯せねえ。だからおれは旦那一筋って決めてんの。漬物の面倒見るのも忙しいしさ、男の相手なんかしてられねえのよ、一人いりゃ充分」

「……ああ、はい……そうですね」

怜は力の抜けた声で答えた。

「実は仕事で来たんだよ、現場の下見と見積りに。千さんはギックリ腰だし、リウさんは……さっきまで一緒だったんだけどさ、行きつけの店の兄ちゃんとバッタリ会って、ホストクラブへ連れていかれちゃったのよ」

そのリウさんはたぶん八十歳を過ぎているはずだ。

「リウさんってホストクラブへ通ってるんですか？」

「『テッドマンズクラブ』って言ったかな……あんなところは、一度連れてってもらった

けど、面白かねぇやな？　若い男が自分勝手に盛り上がってさ、おれは退屈であくびが出たな」

小宮山さんは指で鼻の下を擦ってから、

「ドラヤキ坊ちゃんはなにしてんの。こんなところで」

と、逆に訊かれた。怜は苦笑まじりに訴えた。

「その呼び方はやめてもらっていいですか？　班のみんなに笑われそうだし、前に広目さんに口のことを言われてから、なんとなく気になって……鏡を見たら、ほんとにドラヤキそっくりだったし……天然パーマ以外で容姿をイジられたの初めてで」

「なんで？　かわいい口だと思うがな。ま、おれは何だっていいよ」

「怜くんか安田くんと呼んでもらえたら嬉しいです」

「いいよ。じゃ、怜くんはデートかい？」

怜はスマホを出して小宮山さんに地図アプリを見せた。

「デートじゃないです。このあたりに古いアパートがあるというので探しているんですけど、三周くらいしているのに見つからないんですよ」

「ふーん。そのアパートへなにしに行くの」

歩き疲れた声で怜は答えた。

「住んでる人から相談を受けたんです。誰もいないはずなのに大勢の気配がして怖いって……あと、気がつくと別の部屋で寝ていることがあって、その部屋は、なぜかわからないけど住民がトイレ代わりにしているとかなんとか」

小宮山さんは訳知り顔で頷いた。

「そこへ行ってなにするの。土門さんたちは知ってるのかい」

「もちろん班のみんなに報告をして、行ってこいと言われたんです。ただし、一人で就業時間外に」

「そうかい。ほかにはなにか聞いたの？」

「いえ、それだけです」

「ミカヅチの連中ときたら、どいつもこいつも不親切だなあ」

小宮山さんは笑いながら脇の電柱に目をやって、立ち小便のシミを見た。そういうことができそうなほど、人気のない通りではある。

「仕方ねえから教えてあげるよ。おれもそこへ行くとこだからさ」

「え？　アパートの場所を知ってるんですか？」

「知ってるもなにもお得意さんだよ。今日もそこで死人が出てさ、掃除の見積りに行くとこだから」

怜は改めて小宮山さんの表情を窺った。サバサバとしていて豪快な物言いの小宮山さんは、顎でクイッと方向を指すと、ついてこいと言うように踵を返して歩き始めた。裏路地と呼ぶのに相応しい通りには、街灯の侘しい明かりだけが点っている。歩き始めてすぐに、怜はなぜアパートへ辿り着けなかったかを理解した。四角い体の婆さんは、十歩ほど進んだところで、ひょいっとビルの隙間に消えたのだ。ただの隙間と思って覗くと、体を斜めにしてズンズン先へ進んでいく。怜は慌てて追いかけた。

「ここを行くんですか？　これ、道なんですか？」

「違うと思うよ」

と、彼女は答えた。

「だけど、しょうがねえんだよ。ここを通らんじゃ行けねえんだからさ」

両側はビル壁だ。明かりといえば互いのビルの窓から漏れる光だけ。進む先はさらに真っ暗で、ザワザワと薮の音がした。同時に、黴びたような、腐ったような、吐瀉物のような臭いもした。臭くないですかと訊きたかったが、三婆ズが得意とする特殊清掃の現場を思って訊くのをやめた。万が一にも、そうした仕事を蔑んでいるとは思われたくなかったからだ。

「だからわからなかったんですね。地図アプリには『現着』と出るのに、アパートなんかどこにもないから、グルグル回っちゃいましたよ」

「土地がどんどん売れてって、まわり中にビルが建っても、そこだけは手をつけられなかったんだよなあ。道がつながってないからさ、もう売ることもできないだろうけど、ま、それでいいんだと思うよ、こういう場所は」

なにが『いい』のか、小宮山さんはそれきり口を閉ざして進む。

ビルの隙間を通り抜けると小路のような場所に出た。片側はビルの壁だが、もう片側には塀があり、塀の上から藪が突き出ている。ざわざわーっ、ざわざわーっと藪は揺れ、枝葉が顔すれすれをかすめていく。風もないのに揺れ方が奇妙だ。怜はゾッとして小宮山さんとの距離を縮めた。

この場所はヤバいぞ。

本能がそう告げて足がすくんだ。自分なら絶対に近寄らない。今だって、約束したから行くだけのことだ。その場所には街灯もなく、小便の臭いが鼻を衝く。

「気を付けて息をしねえと、鼻が曲がるよ」

唐突に小宮山さんが振り向いた。暗すぎてシルエットしか見えないが、冗談を言っているわけでもなさそうだ。黙っていると、彼女はまた呟いた。

「悪いモノの臭いだからな、慣れちまうのも問題なんだよ」

ビル壁も塀もその上の藪もほとんど見えないほど暗いのに、彼女はスタスタと先へ行く。あまりの暗さと不気味さで怜はスマホのライトを点けた。鋭い光に小宮山さんの足下が、次いでブロック塀が見え、笹藪と、それに絡みついた蔓(つる)が映った。藪の奥には建物らしきものがある。怪談映画を撮影するため大げさに造ったセットのようだ。

小宮山さんは足を止め、怜を見上げて頷いた。

「あんたに電話してきた人じゃねえ？　ここにはその人しか住んでなかったわけだから」

なんの話か不明だし、電話じゃなくてSNSだけど、黙っていた。

「ほれ、今日もここで死人が出たって話したろ？」

心臓がドキンと鳴った。そんな、まさか。

「死んだのは入居者なんですか？」

「そうだよ。二階の肘掛け窓から首吊ってたのを、そっちの」

と、彼女は片側にそびえるビルを指し、

「ビルのトイレでこっそりたばこ吸ってた人が見つけたんだよ。煙を出そうと窓を開けたら見えたんだ。それで警察に電話して、おれらはその部屋の掃除にね」

「……え」

怜はビルの壁を見上げた。なるほど、こちら側はバックヤードになるらしく、小さな窓しか並んでいないが、開ければアパートを見下ろせる。

「その人がぼくの依頼人ですか？」

「そうじゃねえの？　一人しか住んでなかったって言うんなら」

「誰に聞いたんですか？　え、警察？」

「警察じゃねえよぅ」

小宮山さんは煙を払うように手を振った。

「金を出すのは不動産屋ね。ここではしょっちゅう人が死ぬから、死人の部屋の片付けをおれらに依頼してくるんだよ」

ざわざわざわ……と藪が鳴る。怜はスマホの明かりを建物に向けたが、藪が濃すぎてよく見えず、不穏な気配ばかりをビシバシ感じた。

「木の芽時は人が死ぬよな。まあさ、ここを見たら普通は怖がって借りないよ。だけどあんたに電話した人は、ここに住める人だったんだろ？」

藪の奥は真っ暗だ。明かりもないし、人が住んでいる気配も確かにしない。

でもぼくは、今朝連絡をもらったところだ。そして可及的速やかにここへ来た。それが精一杯だった……と思う。

「依頼を受けてすぐ来ていたら、助けられたってことですか？」

「電話受けたの、いつだって？」

「今朝です。今朝早く」

小宮山さんは薄く笑った。

「じゃ、どっちにしてもダメだったよな。一週間くらいぶら下がってたそうだから」

「……え……」

ビュウッと風が吹き抜けて、あの特有の臭いを嗅いだ。土門班長が頭の中で、

——インターネットやラジオなど、電気信号や音波や電波は、そもそもあちらと交信しやすいですから——

と、呑気(のんき)な感じで喋(しゃべ)っている。

そうか。だからだったんだ。存在しないアカウントが受信したのは、相手がこの世にいなかったから。彼はきっと死ぬ前に、何度もぼくに接触しようと試みて、でも、メッセージは届かなかった。

「もう死んだのに、どうして今さらぼくを呼んだんだろう」

「おれに訊かれても知らねえよ」

小宮山さんはにべもない。

「なんか理由があるんじゃやねえ？　おれにはわかんねえけど、死んだ人なりの理由がさ」

——何か理由があるのでしょう。今すぐにはわからなくても、高い場所から長い目で見渡せば、何かにつながっているのかもしれません。それがいいことでも、悪いことでも

——

頭の中で土門班長がまた言った。

「どうすんの？　中を見るかい？　見ないのかい？　本当言うとおれらはさ、見積額が決まってんだよ。ここの住人は荷物もないし、だけどいちおうは来てみんじゃ、なんかあったら困るからさ」

「いえ、お願いします。ぼくは……怖いけど、中を見なくっちゃ」

意を決して怜は答えた。

「生きているときに話を聞いてあげられなかったから、だからせめて現場を見て……」

現場を見て、今さら何ができるというのか。

それでもやっぱり彼を怖がらせた原因がなにか、確かめることが使命のような気がした。救う相手がすでに鬼籍に入っていても、あの世から送られてきた言葉に向き合うことが大切なんじゃないかと思った。なんのために？　次の犠牲者を出さないためだ。

「そう？　いいよ……じゃ、こっち」

小宮山さんは、またスタスタと歩き始めた。狭い道は行き止まりになっていて、少し手前で塀が切れ、コンクリート製の門柱が見えた。門柱の上にぼんやりとした明かりがあって、安っぽいソーラーライトが息も絶え絶えに光っていた。スマホで門の奥を照らすと、荒れ放題の庭に二階建てのアパートがある。入口も仕様も昔風。奥に長い建物のようで、敷地の両端に隙間があるが、そこには藪が茂っている。玄関はひとつで、大きなガラスの引き戸があって、上に二つの窓がある。片方は大きくて、たぶん階段室の明かり取り。もう片方は部屋らしく、ボロボロのカーテンが下がっていた。

「……うわあ」

と怜は溜息を漏らし、自分の声の不気味さにおびえた。建物って、どうしてこうも怖いんだろう。そこに暮らした人たちのなにかが濃密に染みついて主張してくる。

「どう？　なんか感じるかい？」

小宮山さんが訊いてくる。

怜は小便を我慢しているときのような、震える感じに襲われていた。そこにあるのはただの建物だ。古くて不気味ではあるけれど生き物ではない。そのはずなのに。

「うん……あのですね……ものすごーく厭な感じがします。誰も住んでいないとわかるのに、大勢がいるというか」

「そう？　誰がいるの？」

「わからないけど……なんだろう……」

「こっちだよ」

小宮山さんはそう言って敷地内部へ踏み込んだ。警察が入った後らしく、玄関までと敷地の片側は草が刈られて、藪の下に掃き寄せてある。

怜は不意に死んだ男の気配を感じた。たぶんそうなんだと思う。それは玄関の真上の部屋で、もしかしたら、そこが２０４号室ではないかと思った。ボロボロのカーテンが下がった部屋に死人が佇んでいるようで、ヒシヒシと迫ってくるのはいやな気配だ。怨みでもないし、悲しみでもない。助けてと訴えているわけでもない。窓を見上げて、連絡してきた相手の姿を幻視しようとしてみたが、薄闇に白っぽい影を感じるだけで、男であることしかわからなかった。影はじっとこちらを見ている。入ってくるのを待っているのだと怜は思った。

ガラガラガラ……と音を立て、小宮山さんが玄関扉を開ける。

共有部分のスイッチを入れると、廊下の奥の一ヵ所で、両脇が黒くなった蛍光灯が明滅しながらようやく点いた。建物内部は強烈なアンモニア臭と、腐ったものの臭いがしている。空気は冷たく、チリチリと肌を刺す感じがある。

無理だ、こんなところに住めるはずがない、と怜は思った。いくらお金がなくたって、百万円やると言われたって、ここには住めない。

ホールと通路は床がコンクリートになっていて、片側に郵便受けがあり、反対側が二階へ上がる階段だった。コンクリートの通路は建物を突き抜けていて、奥に裏へ出る扉があった。そのあたりから死んだ人の気配がしている。冷たくて暗くて水の臭いがする。

「奥に井戸とか、あるんですかね」

怜が言うと、「さすがだなあ」と小宮山さんが答えた。

「そこでもよく死んでるんだよ。ここの住人じゃなくってさ、死にたい人が引っ張られてくるのよ。おれらは井戸はやらねえからさ、いま何人沈んでいるのかわからねえけど、十人以上はいるんじゃねえの？　もっとかな」

郵便受けの前に立ったまま、振り返ってこう言った。

「ほれ。入ってこいって。戸は開けたままでかまわねえから」

怜は一歩玄関へ入り、ゾクゾクッと体を震わせた。小宮山さんが階段照明のスイッチを入れてくれたが、ぶら下がっている裸電球に明かりは点かない。その場所から見上げると、二階の天井がぼんやり見えた。壁にコードが剝き出しで、各部屋のメーターとつながっているようだ。

「ああ、ダメだなあ……どんどんダメになってくな」

小宮山さんは文句を言った。

「大家は電球を替えないんですか？」

「無理だろ？　死んでんだから」

「え」

と、怜はまた驚いた。

一階は扉がすべて閉まっているが、静かという以上にひっそりしている。

「死んでいるって、どういう意味です」

「そのままの意味だよ。開けてみねえからわからねえけど、前に来たときも、ぜんぜん音がしなかったしさ、とっくに死んでんじゃねえかと思うよ」

怜は思わず声を潜めた。

「え、じゃあ、ここは誰が管理してるんですか」

「誰も。っていうか、不動産屋だ。おれらに電話してくるのは不動産屋ね」

小宮山さんはすましている。

「そうじゃなく、大家さんが死んでいるなら、誰が管理しているんです」

「だから、誰も管理してねえよ。強いていうなら不動産屋が貸したり掃除したりしているだけで」

「じゃ、持ち主は？」

「そこの部屋が大家のだから、入って訊いてみればいいんじゃねえの。怜くんなら話せるだろ？　死んでてもさ」

小宮山さんが指した先には気配の暗い部屋があり、真っ黒な霞が床から湧き出しているようだった。それを目にして、怜はわかった。大家はまだ部屋にいるのだ。誰にも気付いてもらえずに、今もそこで死んでいる。

なんてこった。相手が息を潜めてこちらを窺っているようで、冷水を浴びせられたようにゾッとした。しかもこの酷い臭いは、屍臭の一言では片付けられない。

「どう？　なんだって？」

小宮山さんがまた訊いた。

なんとか気持ちを落ち着かせたくて、怜は彼女を見て言った。

「死んでいても生きていても、大家さんと話すのはイヤですよ。何か頼まれたって困るし、関わり合いになりたくないです……ていうか、もしもぼくと会わなかったら、小宮山さんは独りでここを見に来るつもりだったんですか？」

「来ねえよぅ。リウさんと一緒だったと言ったじゃねえか。それに、現場なんか見なくても、ここの相場は決まってるんだよ。怜くんが来たいと言うから案内してきただけで、おれらは不動産屋から金をもらって昼間に部屋を片付けりゃいいんだし……それにさ、不動産屋だってここには来ねえよ？　怖いから。だけど場所がよくて安いから、わりと契約するんだよ。普通の人なら、まあ、住もうなんて思わねえけどな」

そう話していると、
ガタン！　と、二階で大きな音がした。次いでガランガランガランと、なにかが階段を落ちてきて、怜は思わず小宮山さんに抱きつきそうになった。跳ねながら一階まで落ちてきたのはブリキのバケツで、胴の部分にマジックで『防火用』と書かれてあった。バケツは止まり、見上げた先に人影はない。その代わり、ざわざわざわ……ひそひそひそ……と、ドブから湧き出るメタンガスのような音がした。小宮山さんは上を見上げて、

「ほれ、出たぞ」

と、怜を小突いた。階段の下で目を凝らしていると、半透明の黒い影が無数に見えた。二階の通路にひしめき合って、もぞもぞと体を動かしている。

「……なんですか」

と、怜は訊いた。二階まで行って確かめようとは思わなかった。激しい悪意で襲いかかってくる感じはしないが、もしもあの中へ入っていったらシャレにならないだろう。何が起きるかまではわからないけど、ただではすまないことはわかった。

「知らねえよ。なんだかなあ」

小宮山さんが訊いてくる。

「怜くんなら見えるんじゃねえの？　あんたは優秀な霊能力者だって土門さんが言ってたよ。折原警視正が将門の首塚で死ぬのを予言したんだって？」

怜がミカヅチ班に引っ張られたのは、そもそもそれが縁だった。怜は五感を研ぎ澄ませたが、凄まじい悪臭と嫌悪感、悪寒を感じただけだ。

ざわざわざわ……ひそひそひそ……それは次第に膨れ上がって、階段の天井がもう見えない。落ちてきたバケツは危険を知らせるものだと思った。

「小宮山さん、ここを出ましょう。ここにいちゃいけない。早く出ないと」

小宮山さんの腕を取り、追い立てるようにして外に出た。

その瞬間、立て付けの悪かった玄関扉が勝手に閉まり、中で大勢の笑い声がした。いひひひひ……ざわざわざわ……くっくっく……からからから……怜と小宮山さんは振り向きもせずに門の外まで逃げたけれども、危機感はまだ追いかけてきた。笹藪が突き出た小路を戻り、ビルの隙間を通り抜け、裏通りまで逃げてから、怜はようやく呼吸した。体中に厭な気配がこびりつき、忌まわしいものの繭に搦め捕られているようだ。細い糸を巻き付けられて、隙あらば引っ張られてまた建物に戻っていく。そんな不気味さを強く感じた。特殊清掃員の三婆ズに対しては、もとから畏怖の念を持っていたけど、たったいま見てきた現場がお得意さんだと言うのなら、彼女らはもはや人間ではないとさえ思った。

「なんなんですか。あそこはいったい……なんなんですか……信じられない」

得体の知れないものへの恐怖で膝が震えた。自分に助けを求めたとはいえ、依頼人があの場所に住んでいたことが信じられない。確かに大勢いたけれど、あれは人間じゃないし、幽霊でもない。妖怪でも精霊でもない。あんなものを見たことはない。もっと正確に言うのなら、あんなものを感じたことはこれまでなかった。あんなものを相手にして、祓い師の仕事ができるとも思えなかった。幽霊ならばまだわかる。妖怪や精霊であっても心を探れる。怨霊ならば怒りを感じる。怖いけど、怒りや怨みを理解もできる。

でも、あれは……正体すらもわからない、なにか、とんでもなく、得体の知れない『マズい』何かだ。

「なんだかわからねえけど、おっかねえもんだよ」

と、平気な口調で小宮山さんが言う。言い得て妙だと思ってしまう。

「あんな場所はさ、おっかねえと思うのが普通だよ、正しいよ。近寄らねえのが一番だ」

怜は情けない顔で彼女を見つめた。

「でも、得意先なんでしょ？」

「そりゃ、怜くんみたいな若い人と違ってさ、おれたちは棺桶に片足突っ込んでるようなもんだから。若い人が怖がるほどは怖かぁねえのよ。年寄りは色々鈍くなるからさ」

小宮山さんは怜の背中をバチン！　と叩き、

「じゃあね。おれは三十分くらいブラブラしてから帰るから。最低時給はもらわんじゃ、割に合わねえからさ」

小便臭い電柱の脇に怜を残して、さっさとどこかへ行ってしまった。

ビルの隙間を振り返り、怜はもはや真っ黒になった奥を見た。衝撃がまだ全身を支配して、得体の知れないものに対する恐怖を感じ続けている。呪いとか、怨みとか、悪意とか、そんな生やさしいものじゃない。あそこにいたのは……。

「なんだろう」

怜は思わず小首を傾げ、もう一度闇を覗いて頭の後ろをガリガリ掻いた。ゆるいウェーブがかかった髪に指を突っ込み、頭蓋骨の硬さを確かめながら、階段の上にいたものの得体の知れなさと比べようとした。霊能力がある怜には、死んだ人が生きている人と同じくらいにハッキリ見える。幽霊を恐れる気持ちはほとんどないが、得体の知れないアレは信じられないくらい恐ろしかった。

「そうか……普通の人が幽霊を怖がるわけって……得体が知れないからなのかも」

こんなときにも普通の人の感覚を理解しようと努めてしまう。生まれつき霊が見える怜にはそれを恐れる人の気持ちに寄り添うことが難しいから、初めて感じた恐怖がむしろ、普通の人の感覚を知った驚きに変わった。かといって、二度とあそこへ行きたくはない。普通の人が怖い場所へ行きたくないのと同じだ。もう誰も、あのアパートには住んでいない。住むことだってないだろう。だってあんなに怖いんだから。

彼は唇をキュッと噛み、ポケットに手を突っ込んで、暗い夜道を歩き始めた。花冷えの風が桜の花びらを弄び、季節外れの雪が舞うようだ。花はどこから飛ばされてくるのか、行く手にあるのはビルばかりだった。

其の二　吹きだまりアパートは人を呼ぶ

翌朝、出勤するとすぐに警視正が怜に訊いた。

「安田くん。どうだった？　依頼人とは会えたかね」

警視正は幽霊だけど、首が定位置にあるかぎり怜には普通の人と見分けがつかない。この能力があるせいで、ずっと孤独な人生を歩んできた。自分に見えているものがほかの人には見えないことに気づけず、気味の悪いヤツだと思われてきたのだ。

折原警視正はシルバーグレーで意志が強そうなキリリとした眉をしている。金線二本の制服をビシッと着込み、金地に一条線の階級章を身に着けている。ボリューミーな短髪で、朝は必ず頭部をデスクに載せて髪のかたちを整える。これほど身だしなみを気にする幽霊も珍しいけれど、肉体がないというだけで、死んでも本質は変わらないのだ。

「それが……会えなかったんです。その人、もう死んでたみたいで」

警視正は目を丸くして、

「なんだ、そうなのか。じゃあきみは死人から依頼を受けたのかね」

と、訊いた。

「そういうことみたいです。現場で三婆ズの小宮山さんとバッタリ会って話を聞いたら、当該建物はお得意さんだと言っていました」

「なるほど。頻繁に人が死ぬ場所なのだな」

「自殺だけでなく殺人や不審死なども多いみたいで、実際に尋常ではない雰囲気でした」

「ふうむ」

警視正は頷くと、

「それは怖いな」

と言って笑った。ドアが開き、土門班長が出勤してくる。怜は慌てて掃除を始めた。ミカヅチ班のメンバーは始業前にお茶を飲む習わしがあるのだが、お茶を淹れるよりも掃除が先だ。そしてその両方とも下っ端である怜の仕事だ。パワハラを受けているわけではなくて、警察関連の部署では基本的な教育の一環らしい。ただし、怜はまだ上手にお茶を淹れることができず、一日の始まりを告げる朝茶は大抵土門が淹れてくれる。

　ミカヅチ班のエリアには衣装部屋のほかにシャワー室などの設備もあって、まともに掃除をするには時間がかかる。よってオフィス部分の掃除だけは怜がやり、ほかは使用した各自が整理整頓(せいとん)を心がけることになっている。月に一度は三婆ズが隅々まで掃除をしてくれるのだが、如何(いか)なる場合も触れてならないのは警視正の背後にある鉄の扉で、赤い落書きは毎朝かたちが変わっている。最初は、誰が何の目的で書き換えているのか不思議だったが、徐々にわかってきたことは、書き換えられるわけではなくて勝手に変わるということだった。その奥にあるものを、広目は『リーサルウェポン』と呼んだ。リーサルウェポンは世界を滅ぼす最終兵器だ。

　仲間のテーブルを拭き終えてウエスを揉み出していると、土門が給湯室へやって来た。電気ポットで湯を沸かし、それを土瓶(どびん)に移して冷ましながら、こう言った。

「警視正に聞きましたよ。現場で小宮山さんに会ったんですって?」

「はい。地図アプリでも場所がわからなくて、案内してもらえたので助かりました」

「行った先はたしか麴町でしたよね」

「善国寺坂(ぜんこくじざか)の近くです」

「そうでしたか……なるほどねえ」

土門は頷き、冷ましたお湯を急須に注いだ。

警視正は幽霊だから茶を好む。もはや食べ物は必要ないが、精進ものの香りが糧になるのだという。線香を焚くのが手っ取り早いが、命がけの仕事をしている警視庁内部で線香を焚くのは縁起が悪いと、ここでは専ら煎茶を供える。

土門は警視正の茶碗に茶を注ぎ、のんびりした感じで怜に訊いた。

「で？　依頼人は安田くんに何をさせたかったのですか」

「それがさっぱりわかりませんでした。亡くなってからすでに一週間程度は経っていたようで、結局本人にも会えなかったし、集中しても姿すら見えず」

「そうですか」

ウエスを干して片付けて、手を洗ってから怜は土門を追いかけた。警視正にお茶を出している土門の背中に向かって先を続ける。

「見た感じ、大家さんも亡くなっているようなんですよ。それなのに不動産は動いている。そうすると……あんな感じの場所だからまさかとは思いますけど、万が一、また新しい人が入居するようなことがあると凄く危険だと思うんですが」

土門は自分のデスクに戻ってお茶を飲みながら、

「そうですねえ……でも、まあ、ミカヅチ班の仕事は処理だけですから」

と、のんびり言った。

「だけど、それでいいんでしょうか。あんなアパートに入ったら、遠からずよくないことが起きると思います」

「なにか問題かね？」依頼人は尋常でない死に方をしていたとか」

脇から警視正がそう訊いた。答えたのは怜ではなく土門だった。

「いいえ。もしもそうなら三婆ズから連絡が入るはずですがねえ」

鋭い。そのとおりである。

「いえ。ぼくの依頼人は、ただの首吊りだったみたいです」

「ならば何の問題もないな」

警視正もお茶を飲んでいる。そもそも首吊りを『ただの首吊り』と言ってしまうところがおかしいと思う。人が一人死んだのだ。それは大問題だろう。

「ぼくが言いたいのはそこじゃなく、あのアパートを放っておくと、これからも人が死んでしまうってことですよ」

「死ぬでしょうねえ」

と、土門が頷く。

「放っておいていいんですか？　裏に井戸があるんですけど、小宮山さんの話では、そこに十人以上沈んでいるんじゃないかって……大家さんだって、たぶん、ご遺体がそのま、あそこに……」

懸命に説明してみたけれど、二人が他人事を決め込んでいるので、怜はだんだん腹が立ってきた。依頼人は怖い目に遭って、なのに誰にも助けてもらえず、首を吊って死んだのだ。見た目はただの自殺でも、それは普通の自殺ではない。あそこにいたものに影響されて、死を選ばされたということだ。

怜は我が身を省みて、祓い師のアカウントを抹消したのが間違いだったのではないかと思い始めた。彼のSOSを受け取らなかった。もしも送信時点で話を聞いてあげられていたなら、命を救えたかもしれない。そもそもビルの谷間にあんな建物が放置されているのが悪い。野放しに賃貸されて何も知らない人が部屋を借り、次々に死んでいくなんて。

「おはようございます」

そのとき明るい声がして、神鈴が部屋に入ってきた。わずかに遅れて広目が続く。二人は入口近くに立って、不思議そうに怜を見つめた。

「なんだ新入り。またなにかあったのか？」

眉間に縦皺を刻んで広目が訊いた。視覚は利かないが、恐ろしいほど勘が鋭い。

「ホント。安田くん、珍しく不満そうな顔をしてるわ……なにかあったの？」

神鈴も訊いた。彼女はキャラクター柄のポシェットを肌身離さず持っていて、『虫』と呼ぶものをその中に溜めている。今もポシェットの口を開け、怜の不満を取り込んだ。パチンとポシェットが鳴ったとき、

「別に不満じゃありません」

怜は先輩二人に訴えた。口とは裏腹に、思いっきり不満そうな顔をしていた。

広目は自分のデスクに真っ直ぐ進み、神鈴はポシェットを持ったまま、空のお盆を取って怜に渡した。朝のお茶が欲しいというのだ。そうしておいて、

「そういえば、どうだった？　昨日は依頼者と話ができたの？」

と、サラリと訊いた。怜はむっつりした物言いで、

「その人、もう死んでいたんです」

不満を漏らすような調子で言った。神鈴は普通の顔で振り返り、

「あら残念。間に合わなかったのね」

「そうじゃなく、死後一週間程度の首吊り死体になっていたんです。思念か、電波か、なんだかよくわかりませんけど、あれは彼が生前ぼくに送ったメールで……」

「ああ、だからアカウントは関係なかったってこと」

神鈴は椅子を引いて席に着き、パソコンを起動して始業の準備を始めている。普通の人なら驚いて根掘り葉掘り訊ねた挙げ句、おまえは頭がおかしいんじゃないかと言いそうな内容でも、ここではすんなり会話が進む。怜はそれを心地よいと感じてきたが、今日は言いたいことがある。

「そのアパートなんですけど」

渡されたお盆を机に置いて、怜は先輩たちに訴えた。

「明らかになにかが憑いているんです。依頼人が『大勢いる』と言ったのは、人ではなくてナニカです。それが居住者を殺しているんだと思う。放っておいていいんですか？」

「放っておかずにどうするの？」

と、真面目な顔で神鈴は訊いた。

「だって、なんとかしてあげないと。地獄の釜の蓋が開きっぱなしになった場所が都会の一等地に存在してるんですよ？　気持ち悪い建物だけど、金額とか、立地とか、条件だけみたら契約しますよ。そうしたら、また誰かが命を落とすかもしれない」

「人助けは俺たちの仕事ではない」

斬り捨てるように広目が言った。怜はとても納得できない。

あんなとんでもないものが巣くう場所を見つけたのだ。報告すればメンバーは色めき立って、なんとかしようと立ち上がってくれると思っていた。そのための異能じゃないのか。ぼくらはそのためにこの不思議な力を授かったんじゃないのか。

「だって、じゃあ、このまま放っておくんですか？　人が死ぬかもしれないのに？」

広目は薄く目を開けた。生まれつき眼球を持たない彼は空洞の眼窩に水晶をはめ込んでいて、それが暗がりで光を発する。広目は薄い唇を歪めて、

「新入り。おまえは自分を何様だと思っているのだ」

と、訊いた。カチンときた。

「何様とも思ってませんが、でも広目さん。ぼくらがなんとかしなかったら、また関係のない人が死ぬんですよ。じゃあ、訊きますけど、ぼくらの力はなんのためにあるんですか、なんの役に立つんですか、人に気味悪がられるだけの力なんですか」

「青臭いことを」

と、広目が笑う。怒りにまかせて広目にもの申そうと向き直ったとき、

「安田くんは……ふうむ」

土門はメガネを掛け直してから、その目を警視正に向け、

「どうでしょうねえ、警視正。よい機会ですから、安田くんにも『仕組み』を学んでもらうというのは——」

と、警視正に訊いた。

変な力があっても、なにもできないしなにもしないなら、ぼくらはただのポンコツじゃないかと、怜は喉まで出かかっていた言葉を飲み込んだ。仕組みってなんだ？ そんなものがあるとして、それは人の命より大切なものか？

怜は親を知らないが、どこの施設でも言い聞かされてきたのは、世の中に人の命よりも大切で尊いものはないということだった。自分が間違っているとは思えない。スカウトされて、ここへ来て、ようやく自分のアイデンティティに自信を持てるかもしれないと思え

ていたのに、それじゃあぼくは、この奇怪な能力は、いったいなんだというのだろうか。

広目は仕事の準備を始め、神鈴は自分でお茶を淹れるために給湯室へ消えていた。

「——安田くんは我らと違って基礎知識がないですし、ここはひとつリウさんたちに同行させていただいて、『事情』を知る機会を与えては？」

土門にそう言われると、

「そうだな」

と、警視正は頷いた。彼はおもむろに首を回して怜を見ると、

「安田くんは現場で不穏な気配を感じた。でも幽霊は見なかった。ただし、そのアパートが危険であるとの認識を得た。そういうことだな？」

と訊いた。

「そうです。あの建物はなんですか？　ここへ来てから神鈴さんに言われて都内の霊的に因縁深い場所を勉強してきましたけど、そのなかに『往時は善国寺坂あたりを地獄谷と呼んだ』というのがあって、あのあたりが行き倒れや罪人の捨て場所だったことは知っています。だから、たぶん、それと関係があるんだと思います。普通なら、ぼくは絶対に近寄りません」

「なぜかね」

「なぜって……恐ろしいからですよ。厭な気配がビシバシしてるし」

土門はニコニコ頷いて、警視正に同意を求めた。

「ほら警視正。安田くんは能力が高いから、もともと近寄らないわけですよ。近づかないから知ることもない。そうやって、ここまで生きてきたわけですな」

警視正は怜をじっと見た。凛々しい眉毛の下で黒い瞳が思慮深く光っている。彼は、

「たしかにな……よろしい。では」

と頷いてから、スックと席を立ち上がり、

「勤務時間内に現場へ行くことを許可しよう。三婆ズから学ぶべきことを学んできたまえ」

重々しく怜に命令した。

「はい……え？」

どういうことかと戸惑っていると、追い打ちをかけるように土門が言った。

「聞こえませんでしたか？　これは警視正の命令です。この時間なら三婆ズはトイレ掃除をしているはずです」

後学のためなのだから三婆ズとの交渉は自分でしたまえと警視正に言われ、怜は混乱した気持ちのままでオフィスを飛び出し、本庁へ婆さんたちを探しに出かけた。

本来ならば手土産にお茶菓子など携えていくのが望ましいのだが、仲間たちの冷たい態度に怒っていたし、あと数分あの場所にいたらどす黒い毒を山のように吐きそうだったか

ら、長い廊下を大股で歩いて、荷物用エレベーターの蛇腹を開けて箱に入った。一階へ上がり、社員用のエレベーターに乗り換えて本部の二階フロアに降りたが、三婆ズの姿はなかった。この時間だと、だいたい二階の女子トイレあたりにいると思っていたのに。

「……んだよ、もう」

怜は『ただいま清掃中』という看板があるトイレを探した。

せっかく見える力を授かったのに、誰かを救うために使って何が悪いのか。土門も神鈴も広目も特殊能力を備えているのに、しかもここは警視庁本部で、自分たちは警察関係の仕事をしているのに、なぜ、人が死ぬのを未然に防ごうとしないのか。どう考えても納得できないし、自分が間違っているとも思えなかった。

おまえは自分を何様だと思っているのだ。

涼しい顔で広目は訊いた。何様かと訊くなら人間様だ。それとも、人間様にもなれない異能者なのか。それこそが、生まれてこの方ずっと怜にコンプレックスを与えてきたのだ。ようやく自分と同じ境遇の仲間と会えて嬉しかったのに。この力を、気味悪がられるのではなく、よいことのために使えると思ったのに。どうして彼らは、これから起きるかもしれない事件を放置できるのだろう。誰かを見殺しにできるのだろう。

それとも我がミカヅチ班は、あんな安アパートで暮らすような人間は禍々しい目に遭って死んでも当然だと思っているのだろうか。それなら自分もそうだった。身寄りもなく、金もなく、拠り所もない。そんな生まれの者にとって安アパートでも契約するのがどれほど難しいことか、きっと考えたこともないのだろう。貧乏だから人として劣っているわけじゃない。ぼくみたいに、こんなふうに、ほんの少しだけ、誰かが手を差し伸べてくれたなら、生き続けられる人だっているんだぞ。

「うわぁっ……もうっ」

連中の代わりに空気を蹴って、大股で進んで、トイレを覗く。次へ走って、また覗く。トイレからトイレへと三婆ズを探しているうちに、あのアパートのトイレはさぞ悲惨だろうなと思ったりした。だから使われていない部屋へ入って用を足してしまうのだろうか。いや、それは人としてどうなんだ？　汚れていたなら掃除すればいい。修業みたいな掃除であっても、やるべきことをやらないで畳にするなら動物と同じじゃないか。

三階へ上がり、四階へ来て、ついに五階のトイレで婆さんたちの一人を見つけた。ドレッドヘアの千さんが、トイレの入口に伏せたバケツを置いて、椅子代わりに腰掛けて休憩していた。

「あ、いた。やっと見つけた……おはようございます」

声を掛けると、大儀そうに体を回して怜を見上げ、

「あれまあ、ドラヤキ坊ちゃん。こんなとこまでなにしに来たの？　男便所は掃除中だよ？　隣のを使ってよ」

内部は個室が開け放たれて、リウさんがトイレットペーパーの交換を、小宮山さんは小便器をブラシでゴシゴシこすっていた。男性用の小便器には実物大のハエシールが貼ってあり、習性としてそこをめがけたくなるので掃除が楽になったと聞いたことがある。

「いえ、トイレじゃありません。実はちょっとお願いがあって……」

「ありゃりゃ、怜くん」

トイレブラシを持った小宮山さんが首を伸ばして怜を見た。

「なに？　土門さんが用だって？」

「違います。用があるのは土門さんじゃなく」

「あらあーっ、ドラヤキ坊ちゃんじゃないの。どうしたの？　何かご用？」

トイレットペーパーを抱えたリウさんまでも、トイレの中から怜に訊いた。三婆ズで一番年長のリウさんは輝くような白髪で、いつもピンクの口紅を塗っている。

「お仕事中にすみません。ただ、あの――」

怜は小宮山さんの前を通ってトイレに入った。

「――実は昨晩、麴町のアパートで小宮山さんに会ったんですが」

「聞いたわよう。わたくしがデートをしているときに、あなたたちもデートをしてたんですって？」

「でえと」

と、千さんが吹き出して、

「デートだよなあ？　立派にデートだ」

小宮山さんは言い張った。

「それはどうでもいいんです。いえ、どうでもよくはないけど……お願いというのは、みなさんがアパートのお掃除に行くとき、ぼくも連れていってほしいんです」

お願いすると、三婆ズは互いに視線を交わした。

「もちろん土門さんや警視正にも許可をいただきました」

「怜くんは、なんであそこへ行きたいの」

水の滴るブラシを持って小宮山さんが近づいてくる。

「昨夜行ってみて懲りたんじゃねえの？」

「はい。懲りました……本当はもう、二度と近寄りたくないと思ったんだけど」

「思ったんだけど？　どうしたの？」

リウさんが首を傾げる。

「ていうか……ぼくにはあそこにいるのがなんなのか、さっぱりわからなかったんです。だけど、ヤバい場所だってことだけはよくわかりました。それで、あのアパートは立地がいいし、それに安いし、放っておくと犠牲者がどんどん増えるんじゃないかと思って」

「そりゃ増えるわよ」

と、リウさんが頷く。

「ですよね？　それなのに、土門さんたちは何もする気がないんです」

婆さんたちは互いに顔を見合わせた。

「もちろん、それは班の仕事じゃないということもわかっています。でも、あれを放っておいていいわけがない。ぼくだって何ができるとも言えないけど、でも、危険な場所だとわかっているのに放っておくなんてできません。なのに広目さんに至っては、何様のつもりかと訊いてくるんです」

小宮山さんが首をすくめてリウさんを見た。リウさんは、怜の顔をじっと見ている。

「そうしたら、土門さんと警視正が話をして、いい機会だから三婆ズのみなさんに学んでこいと言うんです。勤務時間内でもいいって」

「あらあ〜、そうなの。勤務時間内でもいいって、折原警視正が言ったのね」

「……ははあ」

と、バケツに座ったままで千さんが唸った。三人ともそれぞれに訳知り顔をしているが、怜はその理由に見当も付かない。

「ふう〜ん、そうかい、そりゃいいや。ちょうど千さんがギックリ腰で、怜くんが手伝ってくれるならありがたいじゃないか。ねえリウさん」

「そうよねえ、ありがたいわぁ――」

と、リウさんもニンマリ笑う。

「――力持ちの千さんが腰痛だから、男手があると助かるわー。実はねえ、お掃除は今日の午後なのよ。だからこっちの仕事をね、いま、巻き巻きでやってるの」

「兄ちゃん、あんた、着替えを持っていかなきゃダメだよ」

と千さんが言う。

「あそこの臭いを舐めちゃダメだから。ドラヤキ坊ちゃんが行ってくれるなら、あたしはお休みしてもいいかね？」

腰が辛そうに唸るので、怜は千さんのことが心配になった。

「辛そうですね。大丈夫ですか」

「ああ、まったく大丈夫じゃないよ。顔洗うのも、パンツ穿くのだって一苦労なんだから」

返答に困る言い方をする。怜の代わりにリウさんが、

「そうね。千さんは上がっていいわ。事務所に湿布の買い置きがあるから持ってって」

「はいよ」

千さんは「よっこらせ」と立ち上がり、廊下の壁に手をついた。

「送っていきますか？」

と、怜が訊くと、

「ドラヤキ坊ちゃんは残ってちょうだい。だって、なんでもタダじゃないでしょ」

リウさんがニタリと笑う。

「そういうことだよ。じゃあ、これね。悪いねえ」

千さんはその場で制服を脱ぎ、ゴム手袋を添えて怜に渡すと、体を斜めに傾けながら行ってしまった。小宮山さんが怜を急かす。

「ほーれ、早くしねえじゃ、午後までに仕事が終わらねえよ」

「え、ええ……?」

先ずは千さんの代わりに本庁中のトイレ掃除をすることが、怜に課せられた使命であった。


午後三時過ぎ。晴れて清々しい日であった。怜は一度自宅に戻って、捨ててもいいような古着に着替えた。怖いので、何かお守りを持っていこうかと思案したけど、仲間たちの忌々しい反応を思い出してそれはやめ、着の身着のままで昨夜のアパートへ向かった。

昨夜小宮山さんと会った電柱の近くで二人を待つと、白髪のリウさんと四角い体の小宮山さんが清掃業者の服装でやって来て、怜には目配せだけしてビルの隙間に入り、奥の通路へ抜け出してから、医療従事者が感染症対策のために着るようなビニールのガウンとマスクを、黙ってついていった怜にくれた。

「これを着て入るんですか？」

「そうよぅ。昨夜は階段の下まで行ったんですって？　今日はもっと奥まで行くから、ガウンを着ないとお掃除のあとで熱が出るわよ。こういう場所はね、舐めちゃダメなの」

　リウさんはそう言うと、つなぎ型のガウンをテキパキと身に着けていく。小宮山さんも装備を進めた。狭い通路はやはり片側がビルであり、反対側の塀の上から笹や雑木が枝を伸ばしている。明るい場所で見ると枝先がビルに届きそうなところもあって、アパートの朽ちようはさらに凄まじく、木々の汚さ、塀のカビ、枯れ草やビニールゴミなどの不潔さが生理的嫌悪感を煽ってきた。怜は素直にガウンを身に着け、マスクで鼻と口を覆った。ガウンの裾をくるぶしにテープで留めて、手袋もすると、痩せて小柄なリウさんも、体格のいい小宮山さんも、宇宙人のような見た目になった。

　準備ができると門まで進む。草むらに建つその建物は玄関扉がきっちり閉まり、扉のガラス越しに裏口の明かりが透けていた。裏口の奥にも木が茂り、ポンプと古井戸に木漏れ日が薄く当たっている。首を返して見上げれば眼前にあるのは今にも崩れそうな外壁と窓で、旺盛に繁殖した蔦が建物を絞め殺す勢いで絡みついていた。電線は剝き出しで、夥しく蜘蛛の巣が張り、酷い臭いの気配を感じる。呼吸が苦しいマスクのせいで悪臭が緩和されているのが救いだ。玄関の上には階段室の明かり取り窓があり、脇にボロボロのカーテンの部屋がある。窓の肘掛けが逆への字に折れ曲がり、下の地面に汚らしいシミがあるので、依頼人はそこで首を吊ったのだろう。確かにここなら向かいのビルからよく見える。首に紐を巻きつけて静かに窓から落ちる男の姿が脳裏を過ぎった。

すぐに建物へ入るのだろうと思ったが、リウさんたちは玄関ではなく、建物脇の隙間へ進んだ。警察が現場検証をしたときに草刈りをしていったので、藪が幅二メートルほど払われている。怜は二人のあとを追いかけて建物の側面を眺めた。

大家が住むという一階の部屋は窓がほとんど蔓草に覆われ、茶色に干からびたカラスウリが風に吹かれて揺れていた。リウさんたちが見上げているのは二階の窓だ。安っぽいが比較的新しいカーテンがある。

「うん。いいんじゃねえの」

と、小宮山さんがリウさんに言う。何がいいのだろうと考えていると、リウさんも、

「そうね。じゃあ、そうしましょ」

とニッコリ笑ったようだった。顔のほとんどがマスクに隠れているので表情が読み取りにくい。小宮山さんが怜に向かい、

「この上が依頼された部屋だから。怜くんはリウさんと一緒に二階へ行ってくれね？　おれは下で荷物を受け取って、玄関の前まで出すからさ」

わかりました、と怜は答えた。

「じゃ、行きましょ」

言うが早いかリウさんは、怜の腕に腕を絡めた。ビニールのガウンがカサカサ鳴って、怜はそのまま引かれていった。後ろで小宮山さんが吠(ほ)えている。

「ホントに怖いのは、あれよりリウさんのほうかもしれねえぞ！　取って喰われねえように気を付けな」

「失礼ねえ。わたくしにだって節操はあるのよ」

リウさんは怜を見上げ、

「まあ、でも、どうしてもというのなら、お相手してあげてもいいのよ」

三婆ズはものすごい。こんな場所でも冗談を言えるんだから。

結構です。と、心の中で答えつつ、怜は聞こえないふりをした。そのままリウさんを無視していると二の腕あたりをつねられたので、よもや冗談じゃなかったのかと思い、心の底からゾッとした。アパートの玄関まで来るとリウさんは怜を放し、かまうことなく扉を開けた。昨夜は暗くてわからなかったが、内部はきれいに片付いている。下駄(げた)箱みたいな郵便受けは新聞や書簡がはみ出していることもなく、コンクリートの通路に置かれた物もない。ただ、古さは如何(いかん)とも隠しがたく、壁や柱にはレトロなホーロー引きの消火栓サインや、変色した魔除(まよ)け火除(ひよ)けのお札が貼られ、細い角材でベニヤを留めた天井は湿気で膨らみ垂れ下がってきているところもあった。その有様(ありさま)は掃除をしたので片付いているという感じではなくて、誰も住んでいないから片付いているというだけであり、それが証拠に床の隅には埃や枯れ葉が吹きだまっていた。一階部分は各部屋のドアが閉まったままで、人の気配は一切しない。昨夜階段を転げ落ちてきたブリキのバケツが、なぜか上がり框にきちんと置かれている。怜は階段に目をやった。今は大勢の気配がない。

　リウさんが階段を上っていくので、怜も倣って上へと向かう。階段から二階への上り口は床と面一で、人が落ちないよう三方を木製の手すりで囲んであった。階段面はコンクリートなので、当時としては高級な建物だったのかもしれない。建物自体には何度か手を入れたのだろう。階段室の天井だけがベニヤ板ではなくビニールの壁紙に張り替えられていた。

　そのあたりから臭気が降ってくる。この臭いを嗅いだだけでも契約を踏み止まりそうなのに、依頼人はどうしてここに住めたのだろう。屋根の下で眠れる至福は理解できるが、ここに寝るより公園のトイレで寝るほうが、ずっとマシではないかと思う。

「こっちよ。お仕事の部屋は２０２号室。窓から庭へ荷物を落とすから、お願いね」

　リウさんが手すりの角で振り向いた。階段には比較的大きな明かり取り用の窓があるが、周囲をビルに囲まれているので陽が射さず、薄暗い。床にバケツがひとつあり、やはりマジックで防火用と書かれていたが、水は入っていなかった。二階の通路もコンクリートだ。それなのに転落防止の手すりは木製。ちぐはぐな感じが昔の建物だなあと思う。

「こんな感じの建物が昔はたくさんあったのよ。ハイカラで憧れだったわ。懐かしい」

リウさんにも若いころがあったのだという当たり前のことを怜は思った。そんな彼女も今では白髪の老女になって、スタスタと通路を進んで２０２号室の扉を開けた。

「わ」

怜は叫んで身を引いた。

ドアノブを握ったままのリウさんが不思議そうな顔で振り返る。彼女がドアを開けたとき、一瞬だけ怜は見たのだ。そこに男が立っていた。歳のころは四十前後、小柄で小太りで髪はボサボサ、うつろな目をして顔色が悪く、よれよれのシャツに膝が抜けたジャージを穿いて、裸足にサンダルをつっかけていた。

そのサンダルは、狭い靴脱ぎに置かれたままになっている。

「どうしたの？」

「いえ……なんでもありません。ていうか」

この人たちには話してもいいのだと思い出したので、怜は言った。

「死んだ依頼人が立っていました。リウさんの目の前に」

普通なら怖がるか、怒るところだけれど、リウさんは部屋の内部に目をやって、

「あらぁ、そうなの。いい男？」

と、真顔で訊いた。

「普通かな……ていうか、広目さんタイプじゃなかったです」

「それならわたくしには見えなくてオッケー」

靴脱ぎの脇には小さなシンクとコンロがひとつ。上が鏡で、歯ブラシや櫛がシミだらけの棚に直置きされていた。トイレは共同、風呂はなく、靴脱ぎの奥が六畳ひと間の貸部屋だ。下品な色のカーテンが下がった窓がひとつ。その前に敷きっぱなしの布団があって、それ以外に家具はない。スーツケースを平らに置いてエロ雑誌を並べたものをテーブル代わりにしていたらしく、焼酎の紙パックとつまみのカスが載っている。食生活はカップ麺中心で、食べかすがこびりついたカップがあちらこちらに散らかっていた。丸めたティッシュ、チューハイの空き缶、飲みかけのペットボトル……スマホなどの貴重品はどこにもない。

「これなら楽だわ。ゴミだけ片せばいいみたい。電子機器は警察が持っていったのね」

洗濯物の山からトランクスをつまみ上げ、ポイッと捨ててリウさんが言う。

「やりましょ」

そこから先は早かった。開け放った窓から何でもかんでも投げ落とす。小宮山さんが下で待機していて、落とされたものを庭へ運んで分別していく。

三婆ズの仕事ぶりはよく知っていたけれど、動きにまったく無駄がなく、六畳のゴミ部屋はあっという間に片付いた。その後、リウさんが窓ガラスや床を掃除している間に、怜は小宮山さんが仕分けしたゴミを外の通りまでせっせと運んだ。そこには業者の車が待機していて、ゴミを積み終えるとどこかへ消えた。再びアパートに戻ってみると、宇宙人のような服装のままで三婆ズの二人が待っていた。

「さあ。では、ここからが本番ね」

と、リウさんが言う。もう片付けは済んだのに、と思っていると、

「神鈴ちゃんにお願いして、ディナーの予約をしてもらったわ」

リウさんは怜に向かって目を細めた。小宮山さんが訊く。

「新宿の老舗の洋食店。怜くんは行ったことあるかい？」

「どこですか？　基本的にぼくは高級店で食べたことがないので」

「高級店なんて言っちゃいねえよ。老舗の洋食店と言ったんだ。おれらがかわいい乙女だったころからさ、商売しているお店だよ」

「ビフテキが美味しいのよーっ。オムライスもいいお味なの」

オムライスは知っているけど、ビフテキってなんだろう。

「そうなんですね」

「支払いはお給料から天引きしてもらえるよう神鈴ちゃんに頼んでおいたから」

「え、ぼくの、ですか？　なんで」

「なんでってあんた、勉強しに来たんだろ？　あれも勉強、それも勉強、さ、行くか」

小宮山さんは再びスタスタとアパートへ向かう。怜はリウさんに背中をつつかれ、小宮山さんに続いて玄関へ入った。後ろにはリウさんがいて、一列になって階段を上る。

仕事をしている間に日が陰り、内部は暗さが増していた。酷い臭いが強くなって、さっき仕事をしていたときとは雰囲気がすっかり変わっている。

「人の気配がなくなったとたん、空気が変わったみたいですね」

怜が言うと、小宮山さんも、

「そういうもんだ」

と頷いた。暗さが違う。湿度も違う。空気は急に密度が増して、よからぬものの気配がしている。窓の向こうで笹藪が、ざわざわざわーっと激しく揺れた。

一階の廊下に並んだドアはどれもピッタリ閉じている。ささくれだった木のドアで、頭より少し高いあたりの柱に部屋ごとのメーターがつけられている。剝き出しのコードが天井を這ってガイシに結ばれ、メーターを通って壁の内部へ消えていく。シミだらけの天井に蛍光灯が二部屋おきに付いているが、球が切れているのか明かりは点かない。階段を上って階段脇の部屋まで来ると、小宮山さんが振り向いた。

ドアには204号室と書かれている。その部屋だけが真っ暗だ。物理的な暗さではなく、どこかから染み出してくるような暗さがあった。

「怜くん、自分で開けるかい?」

怜は腹に力を込めた。依頼者が知らないうちに寝ていたと言っていた部屋だ。居住者がトイレ代わりにするという部屋。彼が首を吊った部屋。おそらくは、怪異の根源がある部屋だ。

自分で開けろ。ここへ学びに来たというなら。

怜は部屋に近づいた。ここでなにがあったのだろう。多くの場合、そうした場所に『元凶』がある。誰かが惨い殺され方をして、怨みから次の犠牲者を呼ぶとか、もしくはそこで自殺者が出て、けれども死んだ自覚がなくて、生きている人に取り憑いて自殺を繰り返してしまうとか……土門班長はぼくに何を見せたいのだろう。元凶がわかれば除霊して、誰も死なないようにしてあげればいいだけのことじゃないのか。ミカヅチ班はそれができる力があるのに、どうして誰もしないんだろう。ぼくにやれと言ってるのかな。せっかく仲間になれたのに、勝手にやれと言うのかな。

土門や警視正や広目や神鈴の顔が頭に浮かんだ。

小宮山さんが脇へ避けたので、怜は204号室のドアノブを握った。鍵は掛かっていなかったので、回すと『カチャリ』と音がした。手前に引くと凄まじい悪臭が流れ出てくる。同時にドアの隙間から、見えない何かがムチムチと湧き出してきて、怜は咄嗟に体を回して壁に背中を押し当てた。そのときになって廊下を見ると、小宮山さんもリウさんも、とっくに廊下の隅へ避難していていなかった。

ムチムチした何かはクラゲのように宙を漂い、階段室の窓から射し込んでくるおぼろな光に当たると消えた。ざわざわざわ……ひそひそひそ……次から次へと部屋を出て、廊下中に広がっていく。リウさんも小宮山さんも床にしゃがんでじっとしている。怜も忍者のように壁際に立ち、部屋が空になるのを待った。その間およそ一、二分。もののけが消えるのを待って隙間から覗くと、古い卓袱台と蚊取り線香の缶が置かれた六畳間が見えた。それにしても酷い臭いだ。

「特殊清掃の現場でもね、ここまでの悪臭はなかなかないわよ」

マスクの上から鼻を覆ってリウさんが言う。

「ほれ。入ってみんでいいのかい？」

小宮山さんも廊下の隅から怜をせっついた。

怜は体の向きを変え、一人で部屋に踏み入った。靴を脱ぐのも気持ち悪いから土足で入る。しばらくすると婆さん二人もついてきた。六畳間には木枠の窓がひとつあり、濁って汚れたガラスには鳥の糞(ふん)や蜘蛛の巣が張り付いていた。ボロボロのカーテンは半開きで、卓袱台がその下にあり、漆喰が剝げた壁際に蚊取り線香の缶がある。六枚ある畳のうち二枚程度が茶色に腐って、凄まじい悪臭を吐き出していた。天井はシミだらけ、壁は所々が剝げて土が剝き出し、漆喰が残っているところにはセロハンテープや画鋲(がびょう)の跡がある。腐った畳に近づいてみると、床板に穴が空いて下の部屋まで貫通しているようだった。ざわざわざわ……ひそひそひそ……外へ出ていったはずの何かの音が、耳鳴りのように頭に響く。

「あらぁ、臭いわー。わたくしは鼻が曲がりそう」

そう言いながらも、リウさんは怜の脇までやって来て畳の穴を覗き込む。腐った床の隙間から、一階にある部屋が覗けた。布団のようなものが見え、真っ黒な砂が布団の上に散らばっていた。

「下は大家さんのお部屋よね。ほら、見てごらんなさい。あれがここの管理人さんよ。やっぱりねえ……いつも話していたのよねえ。生きてるはずがないわって」

精一杯に首を伸ばして隙間を覗くと、掛け布団の上に投げ出された手が見えた。白骨化している。黒い砂粒は虫の死骸だ。大家はハエの死骸の中で、ミイラのようになっていた。吐き気がして怜は階下の様子から目を逸らし、それでも元凶を見極めようと２０４号室を見渡した。

「何か見える？」

と、リウさんが訊く。霊視能力には自信があったのに、怜は虚しく頭を振った。

「凄まじい魄が溜まっているのはわかります。でも、あれがなんなのかは、わからない」

リウさんは無言のままで頷いて、

「そりゃそうだ。ありゃ人間じゃねえもんな、何かに譬えようったって、何に譬えればばいいんだか」

小宮山さんは「ふっふ」と笑った。

「どうかしら、気が済んだのなら帰らない？　わたくしも請求書をあげなきゃならないし」

リウさんに言われて部屋を出た。二人がなにを知っているのか、怜にはさっぱりわからない。ただ、二人ともあれをよく思っていないことだけは理解ができた。204号室を出るときも、ドアは開けておけとリウさんが言った。ここは人の領分じゃないから、全部お任せしなさいと。

建物を出ると、行き止まりの道でガウンを脱いだ。外にいても悪臭を感じたが、鼻が覚えてしまった記憶の臭いか、実際にいまも臭っているのかわからなかった。裏返したガウンを黒い袋に回収すると、手袋も裏返してそこへ入れ、小宮山さんは袋を踏みつけてペッタンコにし、二重シーラーで汚物を閉じた。手持ちの鞄に入れるので、

「それ、どうするんですか？」と、訊ねると、

「持って帰って燃やすんだ」と言う。

そして、

「こんなのを残しておくとヤバいだろ？　ビニールだからすぐに燃えるよ」

「燃やすと死人の臭いがするな、何度嗅いでも気が滅入る臭いだよ」

と、言って笑った。怜は激しく疲れていて、愛想笑いも返せなかった。

二度と誰かを死なせないためにここへ来たのに、何の糸口も摑めなかった。切った啖呵は見栄でしかなく、霊能力は役に立たない。なによりも、なにを学んだかすらわからなかった。ビルの隙間を抜け出して、電柱の脇で別れるとき、

「それじゃ、金曜の夜を楽しみにしているわよぅ」

リウさんがニッコリ笑った。

「やぁだあ、さっきの約束よ、忘れたの？　老舗の洋食店。両手片足に『花』だから」

「『花』じゃなくって『婆』じゃねえ？」

小宮山さんはガハハと笑うと、暮れかけた街へリウさんを引っ張っていってしまった。

其の三　おばこのふたなり

金曜の夜。怜は十九時に業務を終えて警視庁本部ビルを出た。

エントランスの自動ドアが開いたとたんに湿った風が鼻先をかすめ、顔を上げれば、シトシトと静かな雨が降っていた。いつも地下三階にいるので外の天気がわからない。だからこうしてビルを出たとき、初めて雨や風や雪を知る。年中同じ空調の、同じ照明が点る窓なしの部屋で時間表示を頼りに職務をこなし、ようやく地上に出て帰る。

それでも、帰る家も持たないころに比べたら、怜には不満のひとつもなかった。今までは。けれども今は、事件を未然に防ぐことなく、ことが起きてから処理するだけという仕事に疑問を感じ始めていた。ミカヅチ班の仕事はふたつ。警視庁本部ビルの地下に眠るものを見張ること。怪異が起こした現場を処理して人が起こした事件に偽装することだ。どちらも根幹には怪異が存在することの隠蔽があり、この世に怪異などはなく、オカルトは胡散臭い(うさんくさ)ものだと民間人に思わせておくことが重要なのだ。被害者の救出や、事件を未然に防ぐことは求められない。ミカヅチ班は初めからそのための組織ではない。

「はあー」

と、怜は溜息を吐いた。

傘がないのでレインパーカのフードを被(かぶ)った。地下道へ入るまで濡れなければいいだけなので、通勤にはレインパーカを愛用している。今夜は新宿で三婆ズをもてなすことになっているのだが、例のアパートの件で悶々(もんもん)としていて、まったく気分が乗らなかった。それでも三婆ズの三人は『決して怒らせてはいけない』人たちだと教えられているし、神鈴や土門に『がんばっていらっしゃい』と見送られたことも剣呑(けんのん)だった。

砂粒さながらの音を立て、雨がフードを撫でていく。怜は足早に地下道へ下り、三婆ズと待ち合わせている洋食店へ向かった。

その店は懐かしい時代の面影を残す地区にあり、怜の知らない時代を彷彿とさせた。一見するとたばこ屋か駄菓子屋かと思われるような佇まいながら、店頭のショーケースにはオムライスやシチューやハンバーグなど、美味しそうな洋食のサンプルが並んでいた。タイル張りの床に木枠の建具、煉瓦風の壁がとてもレトロだ。怜は三婆ズが可憐な乙女だった時代の建物を眺めて彼女たちの若いころを想像しようとしてみたが、まったく想像できずに終わった。今日は自分の奢りなので恐る恐るショーケースを覗いてみると、料理はどれも安価でボリューミーだった。

三人ともあんな感じだけれど、貧乏な自分に配慮してくれたのかもしれない。それとも神鈴が気を利かせて懐に優しい店を選んでくれたのだろうか。物言いはズバズバしているけれど、黙っていればすごくかわいい。彼氏はいるのかなと考えて、すぐにブルンと頭を振った。雨はずっと小降りのままで、怜は店先でパーカを脱ぐと、水気を払って腕に抱き、カラカラと音が鳴る扉を開けて中へ入った。

「いらっしゃいませ」

という店員の声と、

「こっちこっち」

という三婆ズの声が同時に聞こえた。八割方が埋まった店の最奥で、立ち上がったリウさんが手招いている。真っ白な髪とピンクの口紅がよく目立ち、怜は祖母と待ち合わせている孫の気分を味わった。家族がいるってどんな感じだろう。たまにはこうしてお祝いの外食をしたりするのかな。

「遅くなってすみません」

席に向かうと、婆たちはすでにビールを飲んでいた。コップは四つ用意されていて、空いているひとつに千さんがなみなみとビールを注いでくれる。生ビールではなく瓶ビールであることが、なんとなく老舗の洋食店っぽかった。

「ちょっとボーイさん、ビール一本追加ね」

小宮山さんが店員に言う。

まだ席に着いてもいないのに、千さんは怜にメニューブックをすべらせて、

「ここはビフテキが美味しいよ」

と、言った。おしぼりで手を拭きながら、怜は三人の婆を見る。

この前は私服の小宮山さんを見て新鮮だと思ったけれど、今日は二人が追加され、ビラビラ服のリウさんと、ストリートファッションの千さんに気圧された。千さんは生まれつきの縮れ毛で、それが伸びてドレッドヘアになっているのだ。しかも今夜はその髪に小さなビーズがくっついている。

「千さん、腰はどうですか」

訊くと千さんははにかんだような笑い方をして、

「うん、大分よくなったかな。ありがとね」

と、答えた。

「タダ飯を食えるとあっちゃ、寝てるわけにはいかねえもんな」

小宮山さんは笑っている。

「わたくしたちは先にオーダーを済ませたのよ。ドラヤキ坊ちゃんは何にする？」

「あの、すみません……小宮山さんにも言ったんですけど、ドラヤキ坊ちゃんっていうの、やめてもらっていいですか」

リウさんのほうへ体を屈めて懇願すると、リウさんはニンマリ笑って、

「いいわよぅ。怜くん」

と、色っぽい声で頷いた。怜は反応に困ってしまい、注がれたビールをゴクゴク飲んだ。広目がいつもやるようにリウさんをいなすのは難しい。今夜の奢りが給与天引きと言われたのも、当面の支払いを三婆ズが済ませ、『新人教育料』としてミカヅチ班に請求を上げるからだという。教育されている感じはなくて、むしろ遊ばれていると思う。

怜は三婆ズに勧められるまま、ビフテキというものを注文した。

「さぁて、それじゃあ……」

乾杯をするわけでもなく、小宮山さんは自分のビールを飲み干すと、テーブルに体を乗り出した。

「あのアパートの話だけどさ。あんた、土門さんに言ったんだよな？　なんとかせんじゃなんないと」

「そうです」

「怜くんは優しいのねえー」

リウさんはニタニタしている。遊ばれている感じを通り越し、馬鹿にされているような気になってきた。

「怜くんの気持ちもわからないじゃないよ。人間だもん、誰かが歩いていく先に穴があったら、そりゃ、危険ですよと教えたくもなるよ」

怜に同意してくれながら、千さんもビールを飲んだ。

「そうねえ、でもねえ、人間にできることって案外少ないものなのよ？」

リウさんが上目遣いに怜を見る。色白でのっぺりとした顔は老いた雛人形のようだ。どういう意味です？　と訊ねる代わりに、怜は彼女の瞳を覗いた。瞼が下がっているせいで目元が薄い三角形になり、瞳の表情は読みにくい。リウさんは言う。

「昔は麹町通りから市ヶ谷へ抜けるあたりを善国寺谷と呼んだのよ。今は神楽坂にある善國寺が、その辺にあったからですって。同じ谷を地獄谷とも呼んでいたのは知ってるでしょう？　神鈴ちゃんが資料を読み込ませたって言っていたから」

「はい。行き倒れや罪人などの遺体を捨てた場所だったんですよね」

「だからって別に怖がることでもねえがな。今じゃ一等地と呼ばれるあたりも、昔は藪だったり森だったり谷だったりしたんだからさ」

「でも、実際に地獄谷の瘴気のせいで、ああいうことが起きるんですよね」

「あ、ほら、料理が来たよ」

千さんはそう言って、空になったビールグラスを片付けた。運ばれてきたのはミックスグリルや焼き肉プレート、エビフライやステーキで、『ビフテキ』が『ビーフステーキ』の略であることを、怜はこのとき初めて知った。どの皿も付け合わせにスパゲッティがついていて老舗っぽさを感じさせる。外食がイベントだった時代にはスパゲッティの付け合わせがハイカラで至福だったのよと三婆ズは言い、なぜか上着の袖をめくってから食べ始めた。呑むように料理を平らげながらも器用に喋り続けるのをやめない。

「それでさっきの話だけどね。障りで怖いことが起きる場合もたしかにあるけど――」

エビフライを尻尾から食べつつ千さんが言う。

「――禁足地に入って悪いモノを持ち帰ってしまうとか、人が死んだ場所を面白半分で見に行って、死者の怨みを買うとかね？　そういうことはあるけどさ」

「あそこの場合は違うのよぅ」

「土門さんにも言われたんだろ？　関わるなって」

「……いえ。土門さんに言われたわけじゃ……」

「あら、じゃ、広目ちゃん？　広目ちゃんはクールだから、きっと説明もしなかったのね。イケズだわぁ、でもそこが好き」

「広目さんには『青臭い』と一蹴されました。それで折原警視正が、勤務時間内に行っていいから、リウさんたちに学んでこいと」

「うん。まあ、正しい判断だと思うよ」

小宮山さんは偉そうに頷きながら、ミックスグリルをバラバラに切り終えた。予めナイフで切ってから箸で食べる作戦のようだ。優雅にナイフとフォークを使っているのはリウさんだけで、ひと口食べるたびにナプキンで口を拭って喋り続ける。

「あそこはねえ……死人を捨てたから地獄谷と呼ばれるようになったわけじゃないのよ。そこをみんな勘違いしているのだけれど、そうじゃなくって、逆なのよ」

「逆ってどういう意味ですか」

怜はステーキを切る手を止めた。

「もともとそういう場所だったのよ、そういう場所だったから死体を捨てたの」

ますますわけがわからない。怜がきょとんとしていると、

「バケモノがいたんだよ。だから死人を餌にしたんだ」

小宮山さんがさらりと言った。ライスの皿をお茶碗のように持ち上げて、怜の顔をじっと見る。わかった？　と訊かれたように思ったので、怜は小宮山さんに首を傾げた。

「だーから、さ。地獄谷あたりにゃ、もともと人を喰うバケモノが棲んでたの。だから地獄谷と呼んだんだよ。そのバケモノが、あそこを通る人を襲って喰うだろ？　でも、バケモノが出るって噂になると、みんな怖がって谷を通らず遠回りして行くようになる。するとバケモノは腹減って、村まで出てきて人を喰うだろ？　そんなのが出てきちゃたまらないから、わざわざ死体を運んでいって、餌の代わりに捨てたんだよ」

「当時は行き倒れや、成敗を受けた者の死体なんかがそこいら中にあったから、さほど大変でもなかったんだよ」

と、千さんも言った。

「そうだよ？　戦後だって、たまに野垂れ死にを見かけたもんだからな。江戸のころならバケモノと持ちつ持たれつ。薄暗くて湿った谷には死体がゴロゴロ……そういう場所に有象無象が吹きだまり、そりゃ、生きてるもんは怖ぇわな」

「たしかに今は一等地だけど、そういう場所に手は出せなくて、あのアパートだけが残ったんだと、あたしらは思っているのよね」

「でも、じゃあ、そもそもアパートは、どうしてあそこに建ったんですか」

ミックスグリルを次々に頬張りながら小宮山さんが教えてくれた。

「麹町あたりは関東大震災で火が出て焼け野原になったから、どさくさに紛れて建物が建っちまったんじゃねえの？　そんで人死にが始まって、次第に人が寄りつかなくなって、あとからそういう場所だとわかっても、土地は勝手にできないし、まわりにビルが建っちゃってさあ、今じゃ外から見えないしってな」

半分食べ終えたステーキを見下ろして怜は訊いた。

「どんなバケモノなんですか。あそこにいるのは」

三人は顔を見合わせて苦笑した。

「どんなったって、説明するのも難しいわな。象に似てるとか、トラとかさ、そんなふうに言えるもんならバケモノじゃねえよ」

「怜くんが」

と、千さんは言い、

「自分で確かめるしかないと思うよ。有象無象は、有象無象だから有象無象と呼ばれているわけだしね、むしろ何に見えたか教えてほしいくらいよ」

「現場へは二度も行きましたけど、ぼくにはよく見えなかったんです」

「そうよねえ。幽霊とは違うんですもの」

「それが悪さをしてるんですよね」

「悪さ？——」

小宮山さんは苦笑した。

「——悪さとかじゃねえ、あんなもんには意思なんかねえんだよ。うーん……そうだな……なんだなあ……」

「そうよねえーっ、病気みたいなものかしらねえ」

「バイ菌に近いかな。それよりも、そろそろデザート頼んでいいよね？」

千さんは勝手に人数分のバニラアイスを注文し、小宮山さんのほうへ体を向けた。

「ほら小宮山さん。勿体つけていないで、あれだよ、あれ。今まで怜くんがどんなモノを祓ってきたのか知らないけども、もしも相手が幽霊ならさ、望みを聞いて、かなえてやればよかったんだろ？　だけど世の中にはそれとは別の……ねえ、小宮山さん」

小宮山さんは尻を浮かすと、布製バッグを引っ張り出した。防犯対策で口の部分を必ず尻に敷くのだという。彼女は中を確かめて、

「大丈夫。ちゃんと持ってきてるわ」

と、頷いた。何を持ってきたのか教えてくれる気はないらしい。

「そろそろいい時間よね。それじゃ、デザートをいただいたら行きましょうか」

リウさんが言う。

老舗洋食店の料理は胃にしっくりとくる味だった。怜は家庭料理を知らないが、ここの料理には懐かしさを覚えた。気配りが行き届いていて、空腹だけでなく心も満たす。体が欲している塩加減と脂加減、熱とコク、何よりも客への愛情にしみじみとさせられた。

缶詰の赤いサクランボと細長いウエハースが添えられたバニラアイスを食べ終えると、

リウさんがカードで支払いを済ませ、四人は夜の街に出た。

自分が奢ったはずなのに、怜は『ごちそうさまでした』と言いそうになり、来る前にビールは何本空いたのかなと考えた。

雨が上がって、濡れた路面にサインの明かりが映り込んでいる。

腰痛が改善された千さんも一緒に麴町へ出て、再びビルの隙間へやって来た。自殺した依頼人の部屋を掃除したのは数日前。その間に街の自治会が置いたのか、小便臭い電柱の脇に細長いプランターが飾られて、チューリップやパンジーなどが色鮮やかに咲いていた。ビルに囲まれた殺風景な通りでも、花があると雰囲気が明るく見える。

「まあきれい」

とリウさんは言い、ビラビラした長いスカートをつまんでプランターを跨ぐと、ビルの隙間に姿を消した。次いで小宮山さんが隙間に入ると、腰の痛い千さんを気遣って、怜は最後尾から彼女らを追った。

雨上がりの地面が湿気を吐き出して、アパートのほうから吹いてくる風が濃厚な臭気を伴っている。ザワザワと鳴る笹藪の音を聞いているうちに、怜はその場所が善国寺谷と呼ばれていたころの光景を見た。

さほど深い谷ではない。荒れ地の果ての坂道が丘と丘に挟まれているといった感じだ。

落ち込んだ窪地は湿って暗く、遠い荒れ地が月明かりを反射して照っている。片や谷の暗がりに目をやれば、そこには動物に食い散らかされた死骸が折り重なっていた。剝き出しの骨が月明かりに白く浮かんで、闇に獣の目が光る。カリカリカリ……カリカリカリ……骨をしゃぶる音がした。ぼんやり青く燃えているのは燐で、イタチか、タヌキか、肉食動物特有の臭いがしている。カリカリカリ……どんなバケモノが死体を貪っているのか見てやろうと、怜は闇に目を凝らす。青い月影が谷に落ち、ある部分はかろうじて像を結ぶが、それ以外はよくわからない。谷底に投げ落とされたばかりの女の死体は帷子を剝がれて半裸の状態だ。腹の上に狼がいて、内臓を食い荒らしている。あまりの光景に顔をしかめていると、藪の中から腕が出て肉の欠片を摑んで消えた。

え？

怜は我が目を疑った。見ていると、またも暗がりから腕が出る。汚れていて泥まみれだが、間違いなく人間の腕だった。暗さに目が慣れてきて、谷底の様子がわかり始める。ガツガツガツ……ざわざわざわ……ひそひそひそ……麦畑を風が行くような、軽い砂が吹き飛ばされて鳴るような、それとも沼地がメタンガスを吐くような、密やかな音が湧き上がってくる。タヌキがいる、イタチがいる、狼や、人間もいる。奴らは死骸に群がって肉や骨を齧っている。ガツガツガツ……ひそひそひそ……

なんてことだ。アパートで聞こえていたのは、この音だったんだ。

「ほれ、早く行かねえと。夜中になるほど瘴気が強くなるからさ」

小宮山さんの声がして、怜はこちらへ引き戻された。ビルの隙間を抜け出した三婆ズは、数メートル先に立ち止まって怜が行くのを待っていた。

「あ。はい。すみません」

足を速めて、腕に抱えたパーカを羽織った。シャツに悪臭が染みこむのが怖かったからだ。

月もない空は一色で、周囲の建物からこぼれる明かりで灰色に霞んで見える。雨に打たれた笹藪が狭い通路に頭を垂れて顔面近くに迫ってくる。なんであれこの場所のものには触れたくないので、怜はビル側に体を寄せる。立地を熟知している三婆ズは腰を屈めただけで進んでいくが、怜はたまらずスマホのライトを点けた。そうでもしないと不気味でならない。門柱に置かれたソーラーライトが、消える寸前の線香花火のような明かりを灯している。古いアパートは数日前と同様に闇の中に佇んでいたが、怜はすぐに気がついた。

生きた人間の気配がしている。

それは過去二回訪れたときには感じなかったものだ。三婆ズを追い抜いて門の前まで行ってみると、扉の閉まった玄関前に錆びた自転車が置かれていた。

「あらまあ」

と、リウさんが言う。

「もう新しい人が入ってきたのね」

二階にも一階にも明かりはないが、たしかに『生きた』エネルギーを感じる。同時に建物全体がモズモズと蠢いている感覚もある。怜は心臓がキュッと縮んだ。

「大変だ。なんとかしないと」

「……なんとかなぁ……」

小宮山さんが静かに言った。続く言葉は想像できる。

だけどあんたはその人に、なんて言って説明するの？　ここはバケモノが出るアパートです、すぐに退去してくださいと教えたとして、その後の展開も厭というほど想像がつく。馬鹿にされるか、笑われるか、同情されるか、怒らせるかだ。二十三年の人生で、厭というほど同じことを繰り返し、ついに怜は自分自身を納得させる手を考えた。忠告だけして、放っておくのだ。その結果、ミカヅチ班の折原警視正を死なせてしまった。彼は首を落として幽霊になり、忠告した怜を班に招いた。いい話をしているわけじゃない。自分は結局、彼を死なせてしまったのだから。

スマホに届いたメールを思い出す。もしも依頼を受けていたなら、彼を死なせずに済んだのだろうか。依頼人は、どうして死んでからメールを寄こしたんだろう。ぼくに何をさせたかったのか。

怜は彼が次の入居者を救ってほしくてあの世からコンタクトしてきたのではないかと考

えた。だけど実際問題どうすればいいのだろう。このアパートの事情を知らず、除霊も助けも求めていない相手を捕まえて、ここにいたら死にますよ、と言う。それで相手は納得するのか。

考えていると、小宮山さんは地面にしゃがんで布製バッグの口を開け、手を突っ込んで何かを出した。探しやすいようにスマホのライトで手元を照らしてあげると、それは彼女がお茶の時間に漬物を入れて持ってくるタッパーの、ごく小さめのものだった。小宮山さんは膝の上でフタを開け、中に入っていた物をつまんで出した。綿棒程度の干からびた茎の先端にゴツゴツしたものがY字になってついている。それを怜に渡すので、怜は怪訝(けげん)に思って訊いた。

「それ、なんですか?」

「おばこのふたなり」

と、彼女は答えた。聞きたかったことの答えではなかった。

「大葉子って雑草のふたなりを陰干(かげぼ)しにしてんの。うちの畑に生えてたやつだ」

小宮山さんは都内に生産緑地を持っていて、そこで野菜を育てている。自分が育てた野菜で作る様々な漬物が、彼女の趣味で、生(い)き甲斐(がい)なのだ。

「バケモノの正体を見るにゃ、おばこのふたなりを使うんだよ。これがふたなり」

山犬の眉毛を瞼にかざすと人に化けたモノの正体が見えるという話を聞いたことはある

が、小宮山さんから渡されたのは、干からびた草の茎である。念のため眉のあたりにかざしてみたが、不気味な古アパートが見える以外に何もない。

「おばかさんねぇ。山犬の眉毛とは違うのよ」

リウさんは小さく笑い、ポケットからライターを出して怜に見せた。

「本当はね、油に入れて灯心の代わりにすると、長い間燃えるからよく見えるんだけど、今夜は、まあいいわよね？　怜くんがアレを見られればいいだけだから」

「ちょっと見えれば充分だろ。おれだってホントはあんなもん見たかぁねえけど、土門さんと折原さんの頼みだからさ」

「あたしもクルクル頭同士のよしみで我慢してあげるよ。ついでに、もっときちんと話しておくとね、『おばこのふたなり』については、偉い学者先生が『王子の狐』について記した書物の中に、狐に憑かれたときの対処方法があって、そこに書かれているんだよ。王子の狐が憑いてどうしても落ちないときは、稲荷の別当の金輪寺へ行って、大声で案内を請うといい。すると寺の者が大声で返事をして出てくるから、狐に化かされた様子を子細に語ると、寺男が山盛りの湯漬け飯を一杯持ってくる。それをきれいに平らげると、不思議と狐は落ちるという。その文献にこうも書いてある。狐や狸は弓弦の引きめの音が嫌いだから、この音を呪に使う。弓術の伝書によれば、『おばこの実の二成りのものがあったら、蔭干しにして大切に蔵っておくといい。これを燈心の代わりにして灯をともすと、怪物は姿を隠すことができない』ってね」

「怪物は姿を隠すことができない……これがそれなんですね」

小宮山さんのタッパーにはもう何本か入っていたが、彼女は怜に一本渡しただけで、タッパーを片付けてしまった。

「ふつうはあんまりやらねえんだよ。だけどさ、口で説明するのも難しいから」

「わたくしたちの仕事はね、怜くんみたいに他人を慮る心がないとできないけれど、慮るだけでもダメなのよ。折原さんと土門さんは、それを教えたかったんだと思うわ」

「あんた自身を守るため。あたしたちの仕事は一線を引くことが大切なんだよ。死んでしまったら元も子もないからさ」

「死んでもしつこく班にいるのは折原さんくらいのもんだ。あれにゃあ、おれたちも驚いたがなあ」

三婆ズは口々に言い、怜の背中を押すようにしてアパートへ入った。玄関ホールの郵便受けは202号室のフタが開いている。新しい入居者は、こともあろうに死人が住んでいた部屋へ入ってきたようだ。

「どうして202号室……」

怜が呟くと、

「お掃除したてだからでしょう。不動産屋もわかっているのよ」

あっけらかんとリウさんが言った。

「埃と蜘蛛の巣だらけの部屋を改めて掃除するより、掃除したての部屋へ入れたほうが効率的だろ」

小宮山さんはそう言って、階段の手すりに手をかけた。新しい入居者がいても電球を替える気はないのか、スイッチを押しても電灯は点かない。

「いちおうね、わたくしも不動産業者に報告はしておいたのよ？　廊下の電球が切れてるわよって」

「でも、まだ交換してないですよ」

「そうみたい。次に入る人には事情を話して、電球と手数料を渡すと言ってたけれど」

「新しい人だって替える気なんざねえんだよ。電球がここに置きっぱなしじゃねえか」

小宮山さんが鼻を鳴らした。階段下に箱があり、電球が入りっぱなしになっている。しかもゴミ箱代わりにしたようで、ほかにも汚れたティッシュや丸めた馬券が捨てられていた。スマホのライトを上に向けると、黒々と湿った天井が見える。四角く囲った二階の手すりに首を吊った人の姿が浮かんでいるような気さえする。このアパートで死ぬ人は首吊りが多いのかもしれない。

ザワザワと笹藪が鳴っている。一階の廊下は暗く、裏口あたりは真っ黒だ。悪臭は建物中に染みついて、天井がゆっくり落ちてくるようだ。

「今日はお出かけ服で来ているし、わざわざ上まで行かんでも、ここから見るだけでいいんじゃねえの？　リウさんに火をつけてもらいなよ」

小宮山さんが言ったので、怜はスマホのライトを消して、大葉子の茎をリウさんの前に差し出した。リウさんが灯したライターに、先ずは彼女の皺深い顔が浮かぶ。顔を縁取る白髪と相まって媼の面を見るようだ。彼女はその火で干からびた草の茎に火を点ける。

ふたなりに火が灯ったとたん、怜はのけぞりそうになった。リウさんの真後ろに、薄っぺらで巨大な顔らしきものが浮かんでいたからだ。それは大皿くらいもある眼を開けて、じっとリウさんを見つめていた。

大葉子の明かりは消えかけのマッチに似ている。かざしてあたりを窺うと、天井にも、床にも、壁にも、異様なものがひしめいていた。人ようのものなどひとつもない。人を真似ようと目鼻や口を貼り付けていても、収まる場所も違えばかたちも違う。手足があるもの、手足のないもの、輪郭すらも曖昧なもの、大きいもの、小さいもの、ヌルヌルしたもの、ゴツゴツしたもの、目だけのもの、口だけのもの……怜は『百鬼夜行絵巻』に描かれた物の怪の姿を思い起こした。それらがぎゅうぎゅうひしめいて、建物の空間を侵しているのだ。表情はない。感情もない。おそらくは考えることも、何もないのだ。千さんはこいつらをバイ菌に譬えていたけれど、こういうことだったのか。

襲ってくるわけでもないが、呼気から皮膚から髪の毛から、それ自体が全身に染みこんでくるようだ。浅ましく、卑しく、下劣で、さもしい。これはいったいなんなのだろう。

そう思ったとき、火が消えた。

「すごかったわねえーっ。久々に見たけど鳥肌が立ったわ。ささ、行きましょ」

リウさんが怜の腕を摑んだ。室内は微かに大葉子の燃えた臭いがしている。

「用が済んだら長居は無用だ。出るよ、出るよ。ほれ、早く」

千さんはもうドレッドヘアをワサワサ揺らして玄関を飛び出している。小宮山さんに背中を押され、怜たちも門を出た。初めてここへ入ったとき、二階にいたのはアレなんだ。霊でもなければ妖怪でもない。たしかに怪異界の有象無象と称するべきか。

「ここはねえ、吹きだまりなんだよ」

と、千さんが言う。

「普通の神経を持ってる者は、こんなとこには住めないし、住もうとも思わない」

「でも、お金がないから仕方なく住むんじゃないですか」

「バカ言っちゃいけねえ。怜くんなら住むかい？　こんなとこにさ」

「……いえ。ぼくは無理ですけど」

「そうよねえ？　そうでしょう？」

リウさんは怜の腕に腕を絡めて建物を見上げた。

「あなたに連絡してきた人もねぇ、お祓いなんかしてもらうより、ここを逃げ出すべきだったのよ。でもね、死ぬまでここを動けない人は、やっぱり『そういうタイプ』なんだわよ」

「そういうタイプって？」

「餌になりたがるタイプだよ。有象無象と同じ波長を持ってんだ。人を妬んだり、嫉んだり、怨んで呪う生き方をして、自分を甘やかしているんだよ。悪いことは全部誰かのせいだ。たまにいるだろ？　一人で死ぬのも忌々しいから、少しばかりつながりがある相手を道連れにしようと執念深く計画を練るタイプがさ」

小宮山さんに言われてハッとした。

「怜くんの依頼人も、死んでから連絡してきたわけは、あんたをここへ呼び寄せて、同じ目に遭わせようとしたんだと思うよ」

千さんが静かに言った。怜自身もそのことに、たったいま気がついたばかりであった。

「世の中にゃ、そういうバカがけっこういるな。新幹線や歩行者天国で無差別殺人をする輩。自分ばっかりが不幸だ不公平だとひねくれて、誰彼かまわず不幸にしたい。そういう腐った根性でフラフラしてると、寄る辺もなくてここに吹き寄せられちまうんだよ」

「一本筋が通っていないとダメなのよ？　人も植物も妖怪も」

「地獄谷は吹きだまり。そういう輩は自分でなんとかしようって気がないから、ここに吹きだまっているばっかりで、外には出ていかないんだよね」

千さんはそう言ってから小首を傾げ、門柱の陰に素早く隠れた。リウさんも小宮山さんも倣うので、怜も素早くその場を離れて三婆ズと一緒に物陰にしゃがんだ。ずざ、ずざ、と足音が聞こえ、四人が隠れている塀の裏側でゲロを吐く音がした。暗がりでリウさんは顔をしかめて、小宮山さんと千さんは首をすくめた。

行き止まりの道を来た者はこのアパートの住人だろう。それとも、ビルの隙間にねぐらを求めるホームレスの人かもしれない。

「うげ！　うげ！　うげげー！」

と不快な音をさせた後、「があ、ぺっ」と、痰を吐く音まで聞こえて、怜は気分が悪くなってきた。やがて塀の上に頭が見えて、近づいてきた人物はよろめきながら門を入った。背が高く、刈り上げた髪を茶色に染めた五十代くらいの男性だった。だらしなくシャツを着崩して、踵の潰れた靴を履いている。止めてあった自転車のほうへ倒れかかると自転車と一緒にひっくりかえり、大声で罵倒しながら自分だけ起き上がって玄関を開けた。そこに広がる湿った闇は、もはや有象無象のひしめく姿にしか思えない。男の腕にはチューリップの花びらと花粉がついて、ズボンの折り返しにパンジーの茎が挟まっていた。

「んだよ、真っ暗じゃねえかよ！　おい！　ふざけんな。聞いてんのかよ」

誰もいないのに大声で叫ぶと、電球が入った箱を蹴り上げた。玄関の扉は開け放したままだが、男が四つん這いで階段を上り始めると、誰もいないのにスーッと閉じた。怜らは物陰を出て建物を見上げた。二階の廊下に薄暗い明かりが点いて、階段室の窓に男が映った。後ろから黒雲のような影がくっついていく。

「やろう！　出てこい！　出てこいって言ってんだよ」

怒鳴る声が一瞬止んで、問題の部屋に人影が浮かんだ。問題の204号室に人がいる。しかも一人ではなく大勢だ。新しい入居者ではなく、窓に背を向けて同じ方向をじっと見ている。普通の人間ならば背中しか見えないはずが、幽霊はどっちを向いている場合でも全身の様子がハッキリわかる。リウさんたちはこう言った。

「あらぁ。まだ人の姿をしてるのもいるのねぇ。死んだばっかりだからかしらね、わりときちんとした格好ね。もっともあの人たちには関係ないのよ。生きながら死んでたようなものだから、生きているのか死んでいるのか、もうわからなくなっちゃっているんだわ、哀れだわぁ」

「だからって人の心があるわけじゃねえよ？」

「最初からなかったと言ってしまえばそれまでだけど、それがないからここでも住めた。どう？　怜くんはわかったかい？　土門さんたちが、どうしてここに手を出さないのか」

「彼らを救うことはできないと思っているからですね」

「それはちょいと違うな。救ってほしいと思えるんなら、こんなところで腐っていったりしねえからだよ。おれらはさ、世の理を侵したりしねえの。それだけのこと」

「怜くん、世の中にはね、手を出していいものと、そうでないものがあるのよ」

「三婆ズとか呼ばれても、あたしたちは人間だから。思い上がらないようにしないとね」

古いアパートは生きている。それ自体が卵塊を包み込んだ膜のようなものなんだ。件の部屋に見えるのは、髪を振り乱した下着姿の中年女性や、無精ひげの男性や、痩せて目ばかり大きな男、歯の抜けた口の老人などだ。いずれもここで死んだ人たちだと思う。彼らはもはや他人を恨まず、自らが有象無象になってここにいる。体の半分が奇妙なかたちに変わりつつある者、長い手脚を蜘蛛のように折り曲げて牙を剝き出した人らしきモノも。どんな姿になってもかまわない。生きていなくてもかまわない。最初からなにひとつこだわりがない。風に弄ばれる木の葉か埃さながらに、行きやすい場所へ行き、生きやすい生き方をして、不満を溜め込み、誰かを呪った。

そうだったのか。どんな理由か、どこの時点か、あの人たちは考えることを放棄したんだ。日がな一日誰かを羨み、妬んで過ごし、やがて怨みを増幅させて黒い炎に自ら焼かれ、死んで念だけになったんだ。地獄谷で死人の骨を齧っていた餓鬼と同じだ。もはや何も考えない。おぞましいとか、醜いとか、浅ましいとか恥ずかしいとか考えない。貪ることに支配されたモノの吹きだまり。それがバケモノの正体だ。

204号室に明かりが点いて、酔っ払いの入居者が入ってきた。誰かを羨み、世間を妬み、自分を蔑みながら生きてきて、ここに吹き寄せられた人。彼は悪態を吐きながら、電球の下でファスナーを下ろした。

「やあねえ」

と言いながら、リウさんは笑っている。

「ここはもともとそういう場所だったけど、これほど無節操に死人が出たことはなかったのよね。あまり忙しいのは、わたくしたちも嬉しくないわ」

見上げた先の明かりの下で、やがて放尿の音がする。かつて人だったモノたちが、小便する男を取り囲んでいる。無表情で、目も口も動かさず、幻のように佇んでいる。

ざわざわざわ……ひそひそひそ……

笹藪の鳴る音を聞きながら、怜たちは小路を戻った。

ビルの隙間を抜け出したとき、あれほどきれいに咲いていたプランターの花々は、蹴り倒されて千切られて、バラバラになって路上に散らばっていた。茎から離れてしまったそれらを、風がどこかへ吹き寄せていく。遅れて昇ってきた月が通りの向こうに輝いて、空はようやく夜の色になっていた。

エピローグ

三婆ズとディナーに行った翌週の月曜日。怜はいつも通りに警視庁本部ビルへ出勤した。三婆ズの『新人研修』について警視正や土門班長に報告すると、警視正はデスクに載せた自分の頭髪をなで付けながら、こう言った。

「件のアパートが有象無象の吹きだまりであることは、我々も承知しているのだよ。ただ、あそこで起きる人死には入居者同士の殺人だったり、自死や事故死だったりするのでね、事後処理や偽装の必要がなく、我々が出動したことは未だかつてないのだ」

時刻は八時十五分。珍しくもオフィスにはメンバーが全員揃って（そろ）いた。広目も神鈴も掃除をしなくていいはずなのに、新人研修の成果が気がかりで早めに出勤してきたのかなと、怜は勝手に思ったりする。それが証拠に神鈴のパソコンモニターには、件のアパートの情報が貼られている。会議用テーブルで朝茶を啜りながら土門班長が教えてくれた。

「今どきの不動産業界は同一物件を複数の業者で仲介しているようで、あのアパートに関しては、どこも管理はしないのですよ。死人が出たときは、その人を仲介した業者が後始末をする決まりで、大抵は三婆ズのところへ連絡が来ます。我々も報告だけは受けたいですから、リウさんたちが行ってくれるとありがたいですね」

「大家さんが死んでいるのに、賃貸物件として機能しているって変ですよね」

怜が言うと、奥で広目が腕組みをする。

「そうか……やはり死んでいたのか……普通の人間があんな場所で生き続けられるはずはないと思っていたが、なるほど謎（なぞ）がひとつ解けたな。思うに不動産屋は仲介手数料だけもらって放置しているのだな。ネット時代だからこそ死人が大家でも物件は回る、か……なんと因果で面妖な」

「あそこの大家についてはですね、私たちも常々不思議に思っていたのです」

土門はコクコク頷いている。すると神鈴がドヤ顔で言った。

「私も不思議に思っていたし……いい機会だからきちんと調べてみたのよね。そうしたら、新しい入居人が出た場合、業者はアパートの場所と鍵の置き場を教えるだけみたい。その後は大家の口座に家賃が振り込まれ、同じ口座から固定資産税などが引き落とされる。これだと大家が死人でも問題ないわ。実はね、日本は長寿の国というけれど、死亡届が出されなければ生きているという判断になるのよ。ご長寿さんが存命かどうか、一斉調査はしてないんだから、死人がもらった年金で無職の子供が生活しているなんてのも、結構ある話なのよ」

自分の湯飲み茶碗を弄びながら、怜はあのアパートの異様な雰囲気を思い出してみる。

「でも、普通は入居者自身が不思議に思いませんか？　同じ建物に住んでいるのに、一度も大家の姿を見かけないとか、生活音が聞こえないとか」

奥で広目が「ふふん」と笑った。

「普通はな？　だが、『本日からお世話になります』と大家に挨拶しに行くような人物が、あそこに住むはずはない。もしくは、死んだ大家の部屋から、何かが返事だけしているのかもしれない」

そうならば、返事をするのは『あれ』だろう。トンチンカンでデタラメな造作であったとしても、あれらは確かに人のなりを模していた。天井が腐って落ちて、布団の中で干からびていた大家の部屋で、あれが人を真似て返事をしているさまを思い浮かべると、怖さやおぞましさよりも哀れを感じた。神鈴が続ける。

「登記簿を調べてみたけど、記録が古くてビックリよ。建物の登記は大正時代、持ち主が今も生きているわけないのに、相続や移転の記載がないの」

「え、でも、大家さんらしき死体はありましたよ。一階に」

「建てた当初からいるのかもな。ずっと、独りでその場所に」

と、広目が言った。

怜は胸がきゅうっとなった。死んだことすら誰にも知られず、関心を持ってもらうこともなく、あそこにずっといたというのか。汚物にまみれ、ハエと虫の死骸に抱かれて。ミカヅチ班に拾われなかったら、自分もどこかでそのように野垂れ死んでいたかもしれない。おぞましいと思うより、怜は人の哀れと無情に震えた。

「どんな人物があれを建てたのかと思って名前を検索してみたら、地獄谷の近くにあった善国寺の住職に同名の人物がいたことまではわかったんだけど……同一人物かどうかは調べようがなかったのよね」

「結局は、何もわからないということだ」

広目が笑い、神鈴は首をすくめて言った。

「そのとおりよ」

「それで？　改めて訊きますが、安田くんはどうするつもりなのですか」

土門が訊ねる。警視正も自分の胴に頭を載せ、腕組みをして怜を見つめた。怜は湯飲み茶碗をデスクに置くと、立ち上がって、仲間たちのほうへ体を向けた。

「金曜の夜。アパートへ行くと、もう新しい入居者がいました。小宮山さんたちのおかげで、アパートにいるのが何か、姿を確認することもできました……」

有象無象の穢れ(けが)としか言い様のないものたちは、どこからか流れてきてあの場所に吹きだまり、ヘドロのように溜まっている。それがあれらの収まるべき場所で、それを知ったからこそ怜は少し考えを変えた。

「……依頼人が、死んでいるのにコメントを送ってきた理由もわかりました。助けを求めていたわけじゃなく、返信しなかったぼくを怨んでいただけでした」

「見下げた奴め」

と、広目が言った。何様のつもりなんだと広目に訊かれた理由が今ならわかる。誰かを救いたいと思うことはいい。でも、それが誰かが問題なんだ。気に入らぬ相手だから放っておけとか、そういうことでは決してなくて、安っぽい正義感を振りかざす前に己のことを先ず知れと、広目は言ってくれたのだと思う。

「ぼく自身も世界が狭かったんじゃないかと思います。哀れんだり、蔑んだり……そうした感覚を超越したところに存在するものがあるってことを、三婆ズから教わりました。封印するとか排除するとかじゃないんですね。知って、秘匿して、近づかない。そういう筋もあるんだと、そんなふうに感じましたが、間違っているのでしょうか」

警視正も土門も広目も神鈴も、何の答えも返してくれない。怜の言葉を聞き終えると、彼らはさっと表情を変え、

「さあ。では、本日もがんばりますか」

と、ニコニコしながら土門が言った。警視正は書類に判子を捺し始め、広目は報告書を書き始め、土門はそれぞれのテーブルから湯飲み茶碗を片付け始めた。

「え、ちょっと班長、広目さん」

反応が欲しくてキョロキョロしていると、パソコンを操作しながら神鈴が笑う。

「土曜の朝に三婆ズから、新人研修料の請求書が上がってきたわよ？　比較的リーズナブルなお店をチョイスしてあげたのに、いったいなにを食べたらこうなるの？」

そう言って怜の給料から支払われる額を教えてくれた。全部で一万二千三百円。一番高いビーフステーキが千五百円程度だったのに、何本ビールを飲んでいたんだ？　と怜は思い、思うそばから笑ってしまった。

三婆ズとの食事は楽しかった。料理はとても美味しかったし、ビールをお酌してもらったし、そしてなにより三人ともお洒落をしてきてくれた。リウさんのビラビラした服も、千さんがいつものドレッドヘアにビーズを結んでいたことも、小宮山さんの総柄ファッションも愛しいほどだ。

「やだ、気持ち悪い。なにをニヤニヤしているの？」

神鈴がそう訊いたけど、怜は笑顔を隠さなかった。

「いえ。ちょっとしたハーレムだったのかなって」

「ならば次からは、おまえがリウさんに髪を触らせてやるがいい」

薄暗がりから広目が言った。

「残念だけどリウさんは、ぼくじゃなく広目さんにぞっこんですから」

そうなのだ、リウさんは広目さんが大好きだ。そのことを怜は少しだけ残念に思った。

彼は仏頂面の広目から、折原警視正の背後にそびえる鉄の扉へと目を向けた。

朝になるたびかたちが変わる落書きは、どんな意味があるのだろう。奇異なかたちの建築物で封印された地下にあるのも有象無象の穢れだろうか。ミカヅチ班は救わない。祓いもしなければ調伏もしない。そのわけを、怜は少しだけ理解できたと考えていた。

エピソード2　新宿歌舞伎町舌抜き事件

——父の顔には悪病にかかった薄笑いがついていて、それをはぐと、下には死んだ顔、青い死神の顔があるような気がした。

『続 明治開化 安吾捕物帖』「冷笑鬼」 坂口安吾——

プロローグ

生ぬるくて脂臭い風が換気扇から吹き出してくる。外照式サインの極彩色がひしめき合ってビルの谷間を埋め尽くし、酔客の甲高い声がそこかしこから湧き上がる。夜がふけるにつれて足下の覚束ない輩が増えて、歩道の隅の暗がりに座り込んでしまった者もいる。通行人の多くは酔っ払いに目もくれず、それぞれの行きたい場所へ向かってゆくが、懐中物を目当てに寄っていく者どもは、大丈夫ですかと声を掛けながら、相手に意識があるかを確かめている。ぼろ雑巾のように地面で眠る酔っ払いたちは、目覚めたときに初めて自分の無防備さを知って愕然とするのだ。

「なあ、桜子。ぼくはきみを推しているんだぞ? たとえ台詞は少ないとしても、紫垣くんの相手役なら業界の注目を集めるだろう? そこがとても重要なんだよ。なあに、今売り出し中の子だってみんな、こういう道を通ってきたんだ」

ろれつの怪しい口から酒臭い息を吐きながら、恰幅のいい老人が街をいく。若い女の肩に腕を回してしなだれかかっている。隣には似合わない伊達メガネの青年がいて、斜め後ろからジャンパーにデニムパンツの男が続く。女の逆側にいるのは髭面でサングラスの中年男で、柄の悪さがにじみ出ている。

「ただなあ、きみの演技はまだ青い。匂い立つような色気がな、足りないねえ」

　女は全身を強ばらせ、引き攣った顔をしている。流行の服を着ていてもどことなく田舎くさいのは、態度がオドオドしているせいかもしれない。

「猪戸先生の演技指導力は確かですからね。先生の相手役をした女優は、皆さん売れたそうですよ。桜子ちゃんも演技指導をしてもらったら？　ぼくもそのほうがやりやすいし。ほら、撮影は時間とタイミングが勝負だからさ」

　紫垣と呼ばれた伊達メガネは老人をおだてることに余念がないが、風で乱れた髪を直す仕草に俳優の矜持がにじみ出て、一種独特のオーラを漂わせている。

「でも、あの……私、明日も早いので……」

　女は頬だけ上げて笑おうとしたが、表情におびえが出てしまってうまくいかない。一刻も早くこの場を去りたいと考えているのは重い足取りを見ただけでわかる。連れの機嫌を損ねないよう、上手に帰れるタイミングをはかっている。

　老人はますます強く女を抱いた。

「なにを言っているんだ。女優はねえ、むしろ仕事のあとが重要なんだよ。まだそれほど飲んじゃいないだろ。ぼくにはきみの才能がわかる。演技はアニメと違うんだから、匂い立つような色気を出すのは難しいんだよ。経験がものを言うんだ、経験がねえ」

「先生に演技指導してもらえ。紫垣くんの言うとおりだぞ」

横から言ったのは髭面男で、真夜中というのに濃いサングラスをかけ、ポケットに手を突っ込んで、ニヤニヤしながらつかず離れず歩いている。

「鬼頭ディレクターの仰るとおりと思います。桜子ちゃんからもお願いしたら？」

「桜子。ぼくはきみを買っているから、きみがその他大勢の中で埋もれていくのは残念なんだよ。世の中にはね、チャンスを掴む者とそうでない者がいて、特にこの業界は、チャンスとコネが重要なのだよ」

女は作り笑いを浮かべつつ、肩より下に伸びてくる老人の手を避けようとする。老人は大人しく手を引っ込めたと見せかけて、彼女の乳房をギュッと摑んだ。

「きゃ」

と女が小さく叫ぶと、

「ふはは……かわいいねえ」

老人は無理やり頰にキスをした。

「だがなあ、この程度でうろたえているようでは完璧な演技など望めんよ？」

カラカラと笑いながら執拗に胸の感触を味わっている。女はもはや涙を浮かべ、真っ赤になって屈辱に耐えている。斜め後ろから様子を見ていたジャンパー姿の男性が、いたずらする老人の腕を押さえて囁いた。

「先生……ここは歌舞伎町ですから……防犯カメラもありますし……紫垣さんも一緒なので……そういうことはマズいです」

老人は腕を振りほどき、反動でよろめきながらこう言った。

「なんだ、ADごときに四の五の言われる筋合いはないぞ……ぼくはねえ、新進気鋭の有望女優、上林桜子を――」

「先生、さすがに声が大きいです」

紫垣も周囲を窺ったが、周りにいるのは酔っ払いと客引きだけで、カメラマンらしき輩は見えない。それでも彼はディレクターのそばへ行き、

「猪戸先生はすっかり出来上がっていますから、どこかの店に入りませんか」

小さな声でそう訊いた。大御所俳優はまたも女に近寄っていく。

「――全力でバックアップしようと言っているんだ。女優は脱いでこそ一人前だよ。それにしても……かわいいねえ」

抱きしめて強引にキスしようとするのを、今度はディレクターが割って入った。

「先生、もう少し我慢しましょう……すぐホテルを探しますから」

「今をときめく○○子とか××嬢も、ぼくの手ほどきを受けて輝きを増したんだ」

「だから先生、場所を移したほうがいいって」

「なーにが場所だ、けしからん」

「まあまあ、猪戸先生……」

三人が揉めている隙に女が老人の手を逃れたので、ハラハラしながらその様子を見守っていたADはこれ幸いにとタクシーを拾った。

「行って、桜子さん。今夜はすみませんでした」

女は軽く頭を下げると、脇目も振らずにタクシーの中へ逃げ込んだ。

「あっ、こら！　何をしている」

ディレクターは叫んだが、タクシーはドアを閉めて走り出す。ディレクターは憤怒（ふんぬ）の表情をADに向け、いきなり背中を蹴り飛ばした。歩道に倒れたところを散々に踏みつけながらドスの利いた声でわめき始める。

「この野郎……なんで女を逃がしやがった」

「逃がしたなんてそんな……」

紫垣はスーッと離れると、他人のケンカを見物するような顔で暗がりに向かった。

片や大御所俳優は、ADではなくディレクターを睨んでいる。暴力を咎（とが）めているわけではなくて、下っ端が女を逃がしたことを責めているのだ。

ディレクターは倒れたADに顔を近づけ、

「新人女優に役がいくのは、俺たちが輪姦した後だと知ってるだろうが」

吐き捨ててから頭を小突いた。

ADはアスファルトで顎を打ち、唇を切った。それでも彼には彼女を逃がす理由があった。自分も業界人の端くれだ、彼女には自分で輝きを発する力があるし、その成長を見守りたくもある。芽も出ないうちに食い物にされるのはあんまりだ。

「そういう女優もいますけど、上林桜子は違います。そういうタイプじゃないですから」

「そういうタイプもどういうタイプも関係ねえし、だいたいテメエに何がわかるんだよっ。それにな、猪戸先生は、そういうタイプじゃねえのが好みだ、知ってんだろうが」

ガン！　と拳で殴ってから、おもむろに態度を変えてADを抱き起こし、

「先生。桜子なんざ放っておいて、若い子のいる店で飲み直しましょう」

と、笑顔を見せた。

大御所の腕を引くようにしてディレクターが歩き始めると、紫垣もちゃっかり仲間に戻った。ADも体についた砂を払い、ヘコヘコと謝りながらついていく。

「すみません。早計なことをしました。すみません」

「てめえのせいだからな」

ディレクターは地面にツバを吐き、猪戸は完全に無視をした。その前に回り込みながら、ディレクターは作り笑いで言い訳をする。

「すぐに店を手配しますよ。すぐですから。な、紫垣ちゃん?」
「じゃあ、そこへ入りませんか? 若い子がいそうな看板だし」
ビルの五階に点る明かりを指して紫垣が言った。ADを押しのけて、飲み屋がひしめく明るいビルへと入っていく。彼らの先へと抜け出しながら、ADはエレベーターのボタンを押した。狭い庫内に三人を乗せ、店がある階のボタンを押すと、自分は階段を駆け上がって五階を目指した。走りながらADは、切れた唇を拳で拭った。

酒癖と女癖の悪い奴らと飲み歩くたび、憧れて入った世界が色褪せていく。ジジイどもには古い時代の記憶しかなくて、この業界を回すのは金と色とコネだと信じている。役を餌にすればいくらでも女が釣れると考えて、素人と新人を食い物にしながら、売れないのは才能がないからだと斬り捨てる。反吐が出そうになってもついていくのは、残念ながらこれも仕事のうちだからだ。エレベーターが着くより早く店へ行き、四人分の席を用意してもらう。それから彼は忌々しい気持ちで、笑いながらやって来る三人を待った。

その店は若い女の子を揃えていたが、ママの教育が行き届いているらしく、執拗に胸を狙うスケベジジイの攻撃はいつも巧みに躱された。猪戸は次第に不機嫌になり、そうするとママが猪戸とディレクターの間に座りこんできた。猪戸はママの太ももや胸にも攻撃を仕掛けたが、彼女はニコニコしながら容赦なく猪戸の手をつねり、そのたび飲み代に幾ばくかを加算した。処理し損なった欲望は猪戸のギラつく眼に表れて見苦しいほどになり、ディレクターも次第に追い詰められて、ついにはママに直接女の子の手配を頼んで地雷を踏んだ。

「先生たちがお帰りよ！」

ママは女の子たちを下がらせると、男性スタッフに命じて大御所俳優とディレクターを立ち上がらせた。数万円の請求書を金メッキのお盆に載せて運んでこさせ、ディレクターより立場の強い業界人の名前を出して牽制しながらクレジットカードで支払いをさせた。ママの鮮やかな手口をADは胸のすく気分で見ていたが、若手俳優の紫垣聖也は、ちゃっかり店の女の子たちから名刺を集めて内ポケットにしまい込んでいた。

支払いが済むとママは慇懃無礼に男たちを店から追い出し、頭を下げてドアを閉め、ご丁寧に鍵まで掛けた。

「なんだ、おい！　不愉快な店だな」

ディレクターはカンカンになってドアを蹴り、ADは心の中でいい気味だと呟いた。殴られた場所が疼いて、切れた唇が腫れてきていた。

「じゃあ、俺、先に行ってタクシーを拾いますから」

ADはディレクターに耳打ちした。早く解散したかったし、この後のことを考えるだけでも気が滅入る。酒で斑焼けになった猪戸の顔を横目に見ながら、折り重なって授精するヒキガエルのようなジジイだと思う。

「いいですか？　もういいですよねえ？」

念を押すと、ディレクターは「チッ」と唸った。

「タクシーを拾ったら、猪戸先生をうまく乗せろよ？　俺は引き留め役だからな。俺が引き留めてもおまえが乗せろ」

「ＡＤさんも大変ですね」

密談を聞きながら、紫垣はニヤニヤ笑っている。

「わかりました」

言ってＡＤはエレベーターを呼び、三人を乗せてから階段を駆け下りた。何軒ハシゴをしようとも、これだから彼は酒を飲めない。酔ったふりを装いながら万事に目端をきかせていく。そのくせ鬼頭ディレクターからは、タダ酒ばかり喰らいやがってと罵られるのだ。眠らない街歌舞伎町は、別の酔客たちが徘徊する時間になっていた。飲み屋勤めを終えた女や男が、帰る前に一杯引っかけて楽しむ時間だから、タクシーはいつでも拾える。大御所の帰る方向へフロントを向けた車を探していると、

「岡田。おい、岡田」

と、ディレクターの呼ぶ声がした。裏通りへ向かう小路の手前で手招いている。なんだろうと思って振り返ると、

「タクシーはいらない。そこのホテルへ行くぞ」

ディレクターの髭だらけの口元が、いやらしそうに笑っていた。タクシーを拾うのを諦めて、AD岡田はディレクターのそばまで走る。街灯もない暗がりに、猪戸と紫垣がしゃがみ込んでいるのが見えた。気分でも悪くなったのか、どうしたのかなと思っていると、ディレクターはズボンのポケットに手を突っ込んで札の束を引き出した。そして、二つ折りした札束から二枚を引き出して岡田に渡した。

暗がりで表情が見えにくいのを幸いに、AD岡田は顔をしかめた。札は鬼頭ディレクターの体温で生暖かくなっている。しかも岡田にくれたわけではなくて、これから女をホテルに連れ込むから、ドアの外で待っていて、女が部屋を飛び出した場合はこの金を握らせろという意味だ。つまり口止め料である。

女なんかどこで拾った？　今の店でも断られたばかりじゃないかと思いながら小路の暗がりに目を凝らすと、うずくまる紫垣と猪戸の前に女らしき影がある。体の薄い女が一人、地面につっぷしているようだった。酔っ払って動けないのかペタリと座り、両手で体を支えている。吐いているのかと思ったが、どうやらそうではないらしい。薄紅色のワンピースは品のよい長めの丈で、裾から覗く脚が闇に白く浮かんで見えた。体つきからして二十歳前後のようである。

なんだ、まだ子供じゃないか。と、岡田は思った。

大御所俳優の猪戸は彼女のスカートに手を入れて、太ももあたりをなで回しながら、もう片方の手で薄い背中をさすっていた。介抱するふりをして、どの程度酔っていて、抵抗する気力があるかを確かめているのだ。

「かわいそうに、酔ってしまったねえ」

などと白々しく言いながらディレクターを見上げて笑う。

小路の先にはラブホテルがあって、こんな時間でも部屋を貸す。酔った女は体中をなで回されても抵抗しないし、答えもしない。ディレクターは岡田の胸を突いてホテルへ行けと命令した。部屋を取ってこいというのだ。

もう疲れた。たくさんだ。岡田はすでに気力が萎えて、どうにでもなれという気分であった。足を引きずるようにホテルへ向かうその後ろで、ディレクターと紫垣は女の両脇に腕を差し込んで彼女を立たせた。

「こんなところにいると危ないよ」

なに言っていやがる、危ないのはテメェらじゃないか。吐き捨てる気持ちで振り向いたとき、長い前髪が左右に割れて女の顔がチラリと見えた。鼻梁の通った顔で切れ長の目、そばかすもしみも黒子もない顔を見たとき、なぜなのか、AD岡田は背筋に冷たいものを感じた。酔っ払い女の薄く開けた瞼の隙間で、炯々と目が光ったような気がしたのだ。おや？　と、思って見返すと、女はすでに顔を伏せ、紫垣と鬼頭に引きずられるようにしてついてくる。かろうじて意識はあるのかもしれないが、抱き起こした鬼頭が逆の手で胸を摑んでいるのも気付いていないようだった。

若い女の危機感のなさと、男を舐めきった態度にはいつも辟易(へきえき)させられる。岡田はもう彼女を救おうとせず、男たちの好きにさせることにした。逃げられてしまった上林桜子の代わりに、三人はこの子を輪姦(まわ)すつもりだ。朝になって目覚めたら部屋に置き去りにされていて、自分がどうしてこうなったのか覚えていないことだろう。そして彼女は自分を恥じて、そのことを誰にも告げずに終わる。もしも部屋を飛び出せたなら、皺だらけの二万円札を握らされ、脅されて、泣き寝入りする。黙っている。誰にも言えない。どっちにしても酷い話だ。

ホテルに入り、フロントのタッチパネルを操作しながら溜息を吐いた。

猪戸先生のあれは、もはや病気だ。大御所俳優とはいえ高齢で華々しい役はつかないし、話題になることもすでにない。だから若い女を抱くことでしか承認欲求を埋められないんだ。部屋を取り、カードキーを受け取ってから猪戸らを待った。

男三人が女を引きずってやって来る。受付は無人で人通りもない。部屋の番号を記憶して鬼頭ディレクターにキーを渡すと、岡田は再びエレベーターを呼んだ。四人を乗せてドアを閉じ、「くそっ」と頭を掻いてから、暴行痕(あと)の痛みで顔をしかめた。

どうせすぐには終わらないから、眠気醒(ざ)ましのコーヒーを買うためにホテルを出た。もはや家にも帰れない。時刻は午前三時になろうとしている。表通りに横たわる酔っ払いどもを眺めつつ、そうやって夜を明かすのも正解だなと考える。タクシーで家へ帰っても、眠る間もなく仕事が始まる。それならいっそどこかで仮眠して、撮影所へ向かうほうが体にいいんじゃないかと思う。自販機の前でコーヒーを飲み、唇の痛さに顔をしかめた。ちくしょう。鬼頭のやつ、思いっきり殴りやがって。こんなのは下積みでもなんでもない。だけど上林桜子の操(みさお)は守ったぞ。

そしてすぐさま、それがなんだと自分に訊いた。たまたま今夜は守れたが、彼女が自分で自分を守らなければ、いつかは誰かに陵辱されて、壊されてしまうことだろう。才能があっても、それを真っ直ぐ伸ばしていくのは難しい。業界にも、世間にも、いろんな輩が存在するから。

「……ったく」

腹立ち紛れに見上げたビルには、『泥酔バー・死ぬぞ』と赤いサインが点っていた。

コーヒーを飲むとすぐホテルに戻った。フロントにはやはり人影がない。キーがないからエレベーターを使ったり部屋へ入ることはできないが、非常階段を使えば宿泊フロアまで行けるのは、利用者が酒や食べ物を外に注文するからだ。

三人が女を連れ込んだ部屋の前まで行くと、岡田は壁に背中を預けて待った。女の悲鳴や抗う声を聞くのはイヤだが仕方ない。中で行われていることを想像するだけで、自分自身が腐っていくような気がした。もう辞めたいよ。だが、ここで辞めたら今までのすべてが無駄になる。いや、もうたくさんだ。それでいいのか。色ぼけジジイとエロ親父のお守りをするのはたくさんなんだよ。

自問自答しながら溜息を吐いた。逃げ道ならば二つある。辞表を書いてトンズラするか、奴らと同じ肥だめに浸かって、クソ野郎に成り下がるかだ。

「くそ」

と、小さく呟いたとき、獣が唸るような音が聞こえた。くぐもっていて、野太くて、そのくせ声のようにも聞こえる音だ。岡田は顔を上げてドアを見た。

――ぐげえぇえぇえ……ごぁ……――

体の芯がチリチリとして、全身に緊張が走った。さらに……ズル……と、水気を含んだ音もした。巨大な魚の内臓をエラから引き出すような音だと思った。なんだ？

罵倒する声や、ビンタの音や、女のわめき声なら聞いたことがあるが、こんなのは初めてだ。不思議に思っていると、

「ぎゃ！」

と、再び声がして、閉じているドアがドン！　と揺れた。女ではなく男の悲鳴だ。

ゴボゴボゴボ……がっ……うえぁえぇ……岡田はドアに近づき耳をすました。よく聞こ

えないので耳を押し当ててみる。

連中は、いったいなにをやっているんだ？　そう思ったのでノックした。

「先生？　鬼頭ディレクター？　紫垣さん？　岡田ですけど、大丈夫ですか？」

応答はない。応答はないが、物音はした。

ドアの向こうを擦る音、何かが倒れる音もした。咄嗟に思い浮かんだのは、猪戸が心臓発作を起こしたのではないかということだ。そんなことになったら一大事だ。救急車を呼ぶにも、ここからではマズい。鬼頭ディレクターは何してるんだ。

「ディレクター？　鬼頭さん？」

返事はない。

ドンドンドン！　と、岡田はドアを強く叩いた。反応はないし、ドアも開かない。

くそ、なんなんだよ。妙なプレイをしているのかな？

困って視線を床に移すと、彼はギョッとしてすくみ上がった。

ドアの隙間から赤黒い液体が流れ出ている。それも尋常ではない量だ。

「え、げっ！　なんだこれ」

飛び退いて、次には屈んで、染み出してくるものをじっと見た。血じゃねえの？　いや、血だよな？　どうみても血液だよな。

女に反撃されて刺し殺されたとか、相手をする順番でケンカになって刺したとか、瞬時にあれこれ想像しても、それが血であることは覆せない。それとも病気で血を吐いた？
それならどうして返事がないんだ？　もの凄い速さで頭を回転させてみたが、人を呼ばず
に危機を回避できないことは明白だった。岡田はそっと後ずさり、踵を返して階段を駆け
下りて、フロントのベルを鳴らした。

リンリンリン！

リンリンリンリンリンリンリン！

もっと激しく叩こうとしたとき、フロント奥に下がったカーテンをくぐって、六十がら
みのフロント係がカップ麺の臭いと共に現れた。

事情を話して再び件の部屋へと戻る。ドアをノックするまでもなく、フロント係は床に
流れた血に驚いてマスターキーを差し込んだ。

ドアは外側に開く仕様だ。岡田は血を踏むのがいやだったので廊下に立って見守ってい
た。痩せて貧相なフロント係は恐る恐るドアノブに手をかけ、

「お客さん、どうしましたか……おきゃくさん……」

引いた瞬間、血だらけの男が転がり出て来て、フロント係は悲鳴も出せずに腰を抜かし
た。男の体はドアを押し開け、開放されたドアから内部が見えた。

室内には薄暗くて色っぽい明かりが点いて、飛び散った鮮血を小花模様に見せていた。
ドアから廊下へ倒れ出たのは二枚目俳優の紫垣聖也で、脱ぎかけのシャツには顔面から胸

にかけてべったりと血が付いていた。ベッドサイドのランプが床に落ち、椅子は後ろに倒れていて、床もベッドも血に染まり、大御所俳優猪戸の足と、腰にタオルを巻いただけの鬼頭ディレクターの頭が見えた。鬼頭は大きく口を開け、夥しく血を吐いている。

だがそれだけで、女の姿はどこにもなかった。

其の一　ラブホテル殺人事件

金曜日の朝だった。

よく晴れて清々しい日で、満開になった半蔵門(はんぞうもん)の桐(きり)が、白壁と瓦屋根(かわらやね)の上に薄紫の雲のごとくに広がっていた。内堀(うちぼり)通りのユリノキも橙色(だいだいいろ)の模様が入った黄緑色の蕾(つぼみ)を持ち始め、たわわに茂った新緑が涼しげな木陰を演出していた。風は青く爽(さわ)やかに香り、初夏の訪れを感じさせてくる。

霊能力者の安田怜は、煌(きら)めく五月を満喫しつつ、勤務先の桜田門へ向かっていた。彼が所属する異能処理班ミカヅチは、このところ平和な日々を送っている。事件がなければ緊急を要する仕事もないので、普段はなかなか手入れができないシャワー室や給湯室やトイレを隅々まで磨(みが)き上げ、膨大な資料の整理をしたり、ダウンライトを外して点検したり、長い廊下に雑巾をかけたり、保管庫の内部を片付けたりの毎日で、怜はそうした業務がありがたかった。体を動かしているときは、悩んだり考えこんだりしなくてもいい。シミを取るため力の入れ具合を調節したり、鏡のように磨いたパイプを見て悦に入ったりするのがせいぜいで、それが怜は好きだった。警視庁本部には三婆ズと呼ばれるお掃除のプロがいるので、彼女たちの指導に従って技を磨けばお掃除業者でも食べていけるんじゃないかと思ったりする。

今日は会議用テーブルをやっつけようかな、天板が曇ってきたから汚れを落としてワックスをかけて、乾拭きするのはどうだろう。あとは非常灯の拭き掃除だな。蜘蛛の巣がかかっていたようだから。

そんなことを考えながら足取り軽く建物へ入り、入館証をゲートにかざしてオフィスへ向かった。廊下を進むと荷物用エレベーターを呼んで地下三階まで下りる。

平穏な一日が平穏に始まって、メンバー各自がそれぞれの仕事を有意義にこなしていた午前九時過ぎ。ミカヅチ班のメンバーは全員フロアにいるというのに、突如部屋のドアが開き、短髪でスーツ姿の男が飛び込んできた。

背が高く、ガッチリとした体格で、ベリーショートの髪の下には眉がなく、熱くて鋭い目つきをしている。どこの組の鉄砲玉かという風貌ながら、スーツの襟には警視庁捜査一課の赤バッジが輝いている。片方の手を上着のポケットに突っ込んだまま、大股で室内を縦断すると、警視正の正面に立ってこう告げた。

「緊急事態です。マズいことが起きました」

どこのイケメンが喋ったのかと思うような色気のあるテノールだ。

デスクで書類を確認していた警視正が、怪訝そうに眉を上げて彼を見た。

彼の名前は極意京介。警視庁捜査一課の刑事だが、ミカヅチ班との連絡係でもあり、怪異がらみと思しき事件が起きた場合はいち早く報告に来るのだった。

「うむ。話を聞こう」

椅子に掛けたままの警視正は、手元の書類を片付けた。

「本日未明、歌舞伎町の連れ込みホテルで男が三人殺されました。全員が業界関係者です」

「どの業界です？」

脇から訊いたのはミカヅチ班班長の土門であった。席を立って警視正の隣へ行くと、執事のように姿勢を正して赤バッジを見た。捜査一課の極意京介は、ミカヅチ班では『赤バッジ』と呼ばれている。

「芸能界です。一人は七十八歳の大物俳優、猪戸三郎。ほかに若手俳優の紫垣聖也、二十三歳と……」

「え、うそ！　紫垣聖也って、あの紫垣聖也？　――」

怜と一緒に会議用テーブルを磨いていた神鈴が訊いた。

「──イケメン俳優の紫垣聖也？『人造ヒーロー・豪腕ライダー』の主演をやってた」

「おまえもたいがいミーハーだな」

赤バッジが振り返って神鈴を睨んだ。

「うわあー、残念……好きだったのに。死んじゃったってこと？」

神鈴は雑巾を両手で握った。

「そうだ。舌を抜かれてな」

と、赤バッジはニヒルに笑う。

怜も思わず掃除をやめて、彼のほうへと体を向けた。舌を抜かれて死んだと聞こえた気がしたからだ。

「三人と言ったな。もう一人は？」

警視正が威厳のある声で促すと、赤バッジは警視正に顔を向けて姿勢を正した。

「鬼頭隆之という五十三歳のディレクターです。マズいことに、通報を受けた四谷署がすでに臨場し、殺人事件としてあちらに捜査本部が立つようで」

「ふむ」

警視正は頷いて、

「それはそれは……では、先ずは子細を報告していただきましょうかね」

と、土門が言った。雛壇にいるのが警視正と班長、報告者の赤バッジがその前に立つという構図になったので、怜と神鈴と班の先輩研究員・広目の三人は、それぞれ自分のデスクに戻って体だけを雛壇に向けた。赤バッジは警視正の前から脇へ避け、全員を見渡せる位置に立って振り向いた。ここには捜査状況を表示できるホワイトボードはないけれど、赤バッジは室内にいる者たちを見回しながら喋り始めた。

「殺人事件の入電は本日未明の午前三時三十八分。第一通報者は歌舞伎町裏通りにある連れ込みホテルのフロント係。三階に部屋を借りた鬼頭らの連れが、部屋で異常があったとフロントへ呼びに来たのが発端だ」

「ラブホテルでしょ？　連れが呼びに来たってどういうこと？」

神鈴が訊いた。

「連れというのはADらしい。被害者三人は若い女を連れ込んでレイプしようとしていたんだよ。手口からして、おそらく初犯じゃないだろう。ADを廊下に置いて見張りをさせていたってことさ」

「なにそれサイテー」

神鈴は怒り、愛用のポシェットの口をパチンと鳴らした。

「とにかく、だ。その連れが異変に気付いてフロント係を呼び、フロント係が三名の惨殺死体を発見した。というのが経緯だ」

「ラブホテルの一室に男が三人、女が一人……いや、それとも女も複数人か？」

「いいや、女は一人だ。三人で輪姦すつもりだったのさ」

広目の問いに赤バッジが答えると、広目は薄く目を閉じたまま、首を傾げて吐き捨てた。

「浅ましいにもほどがある」

「いいから先ずは状況を聞け。話が逸れてややこしくなる」

赤バッジは鼻を鳴らした。

「話を戻すが、件の部屋に入ったのは、男が三人、女が一人だ。ほかにフロント係を呼んだ男が一人。こいつは廊下で部屋を見張る役」

「男が四人がかりって、交尾を焦る虫ね、虫っ」

ぶりぶりしながら神鈴が言った。

「フロント係を呼んだ男は岡田という名のADだ。鬼頭ディレクターの子飼いで、まあ、使いっ走りといったところか……猪戸は病的な女好きで、主に素人の若い娘を好む。その点で猪戸と鬼頭は気が合ったらしく、岡田は鬼頭が猪戸に女を供給する手伝いをさせられていたと証言している。昨晩も新作映画のキャストを餌に、猪戸が目をつけた新人女優を夕食に呼び出して飲酒させ、遅くまで連れ歩いていたようだが、新人女優は警戒して酒を飲まず、思うようにはいかなかったらしい。無理に連れ込めば犯罪だからな」

「無理じゃなくても犯罪よ。下心見え見えで、なんなのよ」

赤バッジは怒り心頭の神鈴に苦笑して、反応もせずに先を続けた。

「猪戸と鬼頭が彼女をホテルに連れ込もうとしたので、岡田が気を利かせて女優を逃がした。上林桜子という無名の新人。岡田は彼女を買っているらしい」

「ね……ちょっと待ってよ。紫垣聖也も殺されたのよね？ 紫垣聖也も一緒にいたの？ 彼もレイプ犯の仲間ってこと？」

神鈴が訊くと、赤バッジは唇を歪めて言った。

「紫垣は間もなくクランクインする映画の主役に抜擢(ばってき)されていた。それもあって鬼頭が紫垣に声をかけ、猪戸の接待のために呼んだというのがADの話だ。映画は猪戸がメガホンを取るし、紫垣は猪戸に頭が上がらない。素人同然の女を複数人で輪姦(まわ)すのが、猪戸三郎の趣味なんだとさ」

「反吐(へど)が出るわね」

神鈴は言って、またもポシェットの口をパチンと鳴らした。

「だが昨晩は目をつけた新人女優に逃げられた。で、奴らは道端で泥酔した女を拾ってホテルに入ったということらしい。ADの岡田は廊下で見張り、万が一女が逃げ出したときには追いかけていって金を渡し、口止めをする。昨晩は男三人と女が部屋に入るのを見届けてから、コーヒーを買いに出たそうだ。その間わずか数分程度。戻ると中でうめき声がした。ノックしても応答がなく、ドアの隙間から血のようなものが出てきたのを見てフロントに駆けつけた。ホテルの者と一緒に現場に戻るまでやはり数分。部屋には鍵がかかっていたが、フロント係がマスターキーを使ってドアを開けると紫垣が廊下に倒れ出てきた。すでに室内は血の海で、フロント係が警察を呼んだ。その間岡田は当該階の廊下にいたが、部屋を出てきた者はなく、廊下を通った者もなかったと言っている。死体は三体。女の姿はどこにもなしだ。猪戸三郎は素っ裸でベッドの下に、ヤツが脱ぎ捨てた衣服は床に。鬼頭ディレクターは半裸で床に。鬼頭はホテルが冷蔵庫に常備しているウイスキーを飲んでいたようで、空のミニチュアボトルと氷を入れたグラスがテーブルにあった。紫垣聖也は服を脱ぎかけた状態でドアの前に。シャワーを浴びようとしていたらしい」

なんてことだ。と、怜は思った。三人の状態は彼らの鬼畜ぶりを表している。大御所俳優の猪戸三郎が真っ先に女性を襲い、ディレクターの鬼頭は酒を飲みながらそれを観賞していた。若手男優は最後におこぼれに与ろうと、先ずはシャワーを浴びようとした。神鈴でなくとも怒りを覚える。

「問題は、死体だけで女がどこにもいなかったことだ。部屋は三階。逃げようにも窓は回転式で、人体が通れるほどは開かない。点検用に金具を操作すれば半回転できるが、素人にはまず無理だ。そもそも金具の位置に手が届かない。ホテルの防犯カメラの映像を調べると、猪戸らが女を連れ込む様子は写っていたが、女が部屋を出ていく姿は写っていない。注目すべきは殺害方法で、三人とも舌が根こそぎ抜かれているんだ」

「なるほどですねえ」

と、土門は唸り、

「じゃ、犯人は閻魔大王ね」

と、神鈴が言った。

「スケベどもは若い子に嘘を吐いて舌を抜かれたんだわ。それで決着。いい気味よ」

「……閻魔様が舌を抜くっていう話、あれって本当のことなんですか？」

深刻な声で怜が訊くと、

「おまえはバカか」

と、赤バッジが真顔で言った。

「俺の話を聞いてなかったのか？　消えたのは閻魔ではなく女だ。若くて髪の長い華奢な女だぞ。どこのどいつが閻魔大王をホテルに連れ込んで輪姦しようと思うんだ」

いや、論点はそこじゃなく……説明しようかと思ったが、面倒臭いので黙っていた。赤バッジの言葉に神鈴までもが苦笑している。異能者と仕事をしていると、どこまでが冗談で、どこからが本当の話かわからず困る。

「犯人は殺してから舌を抜いたんですか？　舌を抜かれたから死んだんですか？　……舌を抜くって……どうやるんだろう」

疑問の角度を変えてから、

「いや、やっぱりいいです。聞きたくないです」

と、赤バッジに向かって怜は言った。彼なら反吐が出そうな状況を事細かに説明しそうで、それを想像するのが厭だった。暗がりで広目が静かに唸る。

「……マズいことにマスコミが食いつきそうな事件ではあるな」

「まさにそこだ。芸能関係者が三人殺されただけでもセンセーショナルなのに、レイプスキャンダルまでくっついてやがるんだからな。有名人がラブホで殺害された、どう転んでも衆目を集める事件だよ」

「それってホントに怪異なんですか？」

怜が訊くと、赤バッジは眉毛のない目で怜を睨んだ。

「怪異でなければなんなんだ？　普通の人間が、たった数分で、大の男三人の舌を引っこ抜いて殺害するなんて真似ができると思うか？　なんのためにそんなことをする。男三人を殺すなら、心臓か頸動脈（けいどうみゃく）を狙うほうが早いだろうが」

「赤バッジの言うとおりです。さらに女性が煙のように消えたというなら、間違いなく怪異でしょうねえ」

土門が答え、警視正が赤バッジに訊いた。

「女については、岡田という人物がフロントを呼びに行った隙に部屋から逃げたとは考えられんかね」

「逃亡する女の姿は防犯カメラに映っていません。ドアには中から鍵がかかっていたし、開けたときに紫垣聖也の遺体がドアを塞いでいたわけですから、逃げたとすれば窓を使うしかないわけですが……窓に関してはさっき話したとおりです」

「天井裏かどこかに隠れていたのかもしれぬ――」

　と、広目が言った。

「――調べてみたのか」

「四谷署が調べた。天井は安普請で、人が入り込めるほどの隙間も強度もねえってさ」

「ふうむ……たしかに面妖な」

「いいか？　女はわずか数分で、男を三人も殺してんだぞ？　しかも舌を引っこ抜いて、だ。どう考えても人間の仕業じゃねえよ」

　興奮してまくし立ててから、赤バッジは背筋を伸ばして「ふん」と言った。

「そこで……だ」

　手品師よろしくポケットに突っ込んでいた手を出すと、その手にハガキサイズのビニール袋を握っていた。彼は警視正の前まで行くと、二本指で袋をつまんで中身を見せた。

　盲目の広目はすましているが、怜は「げ」と呻きそうになって、慌てて自分の口を押さえた。透明の証拠品保管袋にはピンポン玉のようなものがふたつ入っている。

「司法解剖室で拝借してきた紫垣聖也の眼球です。最後に死んだのが彼ですからね、こいつの目玉が一番情報を持ってるはずだ。これを使えば部屋で何が起きたかわかります」

「そうか」

と、警視正は言い、広目のほうへ首を回した。

「広目くん。お願いできるかね」

広目は返事もしなければ表情も変えない。ただ警視正の声がするほうへ顔を向け、次は自分のデスクに顔を戻すと、点字用タイプライターを脇へ避け、デスクに並ぶペットボトルやトレーやボウルの中からステンレス製のボウルを選んで引き寄せた。

赤バッジは広目の前へ行き、ボウルに中身を振り出した。

眼球は硬さがあって、コロンと厭な音がする。

怜がその作業を見るのは二度目だが、全身がゾワゾワする感じは初めてのときと変わらない。眼球がボウルに入ると、広目はペットボトルを引き寄せて、ボウルに透明な液体を注いだ。薬品ではなく真水だと聞いている。広目は眼球をきれいに洗い、ボウルから出してトレーに載せ、白い布で手を拭いた。ここからだ。

未だに怜は息を潜めて見守ってしまう。ほかの者たちも同様らしく、広目の所作を一心に見守っている。長い髪で瓜実顔(うりざねがお)の広目は薄闇に独特の存在感を放っているが、体の前にタイプライターが置かれていないと、目が吸い寄せられるような美しさがある。一連の動きにも無駄がなく、舞か神事を見るようだ。

ひとつ息を吐いて正面を向き、顎のあたりに手を添えて、目を見開いた。眼球を持たずに生まれた彼は、眼窩に水晶玉を装着していて、それが室内の明かりを拾い、一瞬だけ白毫（びゃくごう）のように白く光った。顎に添えていないほうの手で瞼をこじ開け、水晶玉を手に受ける。それから彼は自分の眼窩に死者の眼球を埋め込んだ。これが広目の異能である。

緊張で怜は身動きできない。

紫垣聖也が死んだのは本日未明だが、ときには死んで数日以上経った眼球を使うこともある。眼球には死の寸前に見た光景が焼き付いていて、広目はそれを見ることができるのだ。その代わり、眼球を取り出した後は真水で清めないと眼底が腐ってしまうのだという。広目の異能は彼の肉体に直接ダメージを与える可能性があるのだ。

「……ははあ」

死者の眼球で天井を見てから広目は言った。普段はほとんど目を閉じているが、死者の目玉を入れたときだけは眼を開けて周囲を見回す。

まだ黒さを持った瞳が自分に向くと、怜は背筋が凍（こお）る気がした。

「女の姿が確認できるぞ。ADとやらの証言は嘘ではないな」

広目は首を回している。それを見守る一同は、彼の頭に浮かぶビジョンを想像する。広目は眉間に縦皺をよせ、唇を歪めて、見ているものを説明した。

「安っぽいホテルだな。部屋のドアが貧相だ。眼球の持ち主のほかに男は三人。一人は太って恰幅のいいジジイ、こいつが猪戸というヤツか。近くにいるのは人相風体の悪いオヤジだ。顔つきが卑しく、髭面でサングラスをかけている。ジジイとオヤジが両側から女を抱えているが、女は意識がないようだ。部屋のキーを開ける男の顔がドアに映った。ははあ……こいつが目玉の持ち主か……松平神鈴はこういう顔の男が好みか」

「私の好みはほっといて」

イラッとしながら神鈴が言った。

「目玉の持ち主は何をしている？」

赤バッジが訊くと、広目は「ははあん」と鼻を鳴らした。

「何をしている？　はん、若手俳優も相当なクズだぞ。強請るつもりか、手元のスマホで撮影している。オヤジとジジイが女をベッドに寝かせるところを」

「紫垣聖也のスマホは調べたのかね」

警視正が訊くと、赤バッジが答えた。

「四谷署が調べるでしょう」

「俳優がスマホを切ったぞ」

広目は言って、見えているものを説明した。

ＡＤ岡田の証言どおり、外に残された岡田の姿を紫垣はその後認識していない。

女をベッドへ運んでしまうと、猪戸はそそくさと裸になる準備を始めた。仰向けに寝かされた女はピクリとも動かない。一方、鬼頭は上着を脱いで椅子に掛け、備え付けの冷蔵庫を開けた。ウイスキーの小瓶を出すと、グラスと氷の準備をしている。紫垣聖也は部屋の入口付近に立っていたが、老人の裸を見るのに耐えかねてバスルームを確認したようだと広目は言った。

「ぼくは最後でいいです。とでも言ったようだな……髭面男の唇が読める」

「鬼頭はなんて答えたんだ？」

と、赤バッジが訊いた。

「紫垣くんは用心してやがる。たぶんそう言ったのだろう……ジジイは脱ぐのが早いな。女からいっときも目を離さない……ヒキガエルみたいなジジイだ……こっちも唇が読めるぞ『いまは大切なときだからね。仕方ないよ』……う……くそっ、ふんどしか……」

広目はキッと赤バッジを睨んだ。

「仕事とはいえ、なぜにジジイのストリップを見なきゃならんのだ」

「まあそう言うな。共犯の野郎どもだって同じものを見たんだろうが」

「いや、当然目を背けているさ。おっ、ジジイが女に手をかけたぞ……紫垣聖也よ、そこだけは見るのだな……」

広目は自分だけが見ている光景に唇を歪めた。声だけの実況なのに、ムラムラする感じが伝わってきていやだ。怜は心配になって神鈴を見たが、彼女は平気な顔で広目と赤バッジを見守っている。

「エロジジイは素っ裸になって女の体をなで回しているぞ。性急に服を剝ごうとしないのだな……おまえもおまえだ紫垣聖也、風呂へ行かずになにを見ている」

「ヤツが見ていないと俺たちが困るからだよ」

赤バッジの言葉に目を眇め、広目は「む」と、身を乗り出した。

猪戸三郎は鼠をいたぶる猫さながらにワンピースの裾をめくり上げ、太ももの間に手を突っ込んで反応を窺った。すると女は薄目を開けて一瞬だけ唇を動かした。薄い唇は真っ赤に紅を塗られていて、隙間に白い歯が覗く。小刻みに体が震え、女の頰を涙が伝う。その様子を、鬼頭が酒の肴にしている。猪戸は女の顔を自分に向けた。キスするつもりだ。浴室と部屋の中間に立ってそれを眺める紫垣の手は、自分のシャツを脱ぎかけのまま止まっている。猪戸の顔が女に被さり、女の細い腕が抗うように彼の頭を押さえた。ミカヅチ班の全員がこれから始まる卑猥なシーンを想像して緊張していると、

「はっ」

突然、広目が全身を硬直させた。

彼はエビのようにのけぞって天井あたりを睨み付け、長い黒髪が背中へ流れた。微かに開けた口が苦しそうに喘いでいる。誰も声を発しない。部屋の空気が張り詰めて、広目だ

けが見ているはずの映像が、怜の脳裏にはっきり浮かんだ。

猪戸老人と女は長いディープキスをしているわけじゃない。

十数秒後には、鬼頭も紫垣もそれに気付いた。女を襲っていたはずの猪戸のほうが、彼女から逃れようともがいている。闇雲に両腕を振り回して背中を反(そ)らせ、彼女の体を跨いだ両脚に薄く筋肉の張りが見られる。彼の頭には女の指が喰い込んでいて、猪戸は彼女から逃げられない。そのとき女は突如、斜め下方へ顔を捻った。

ぐるりん。そんな音がしたようにすら思えた。

猪戸の頭越しに女の顔が半分覗く。細い切れ長の目が紫垣をじっと睨んでいる。次の瞬間、女は老人の体をグイッと押した。噴水のように鮮血が飛び、何かが抜け出る。女は白い歯で老人の舌をガッチリと嚙んでいた。それがゴッソリ口から抜けて、肉片が長く伸びたあと、ベシャリと鈍い音を立ててベッドに落ちた。老人は痙攣(けいれん)し、夥しい血を吐いて、上半身がベッドから転がり落ちた。

テーブルで酒を飲んでいた鬼頭が、それを避けようと立ち上がる。

何が起きたか、まったく理解できていない顔だ。女は優雅に脚を伸ばしてベッドを下りると、老人の血を踏みつけて鬼頭の元へ寄っていく。鬼頭はようやく顔に恐怖の色を浮かべたが、女が肩に手をかけると凍ったように動けなくなった。彼女は鬼頭にも口づけをして、同じように舌を抜き出した。

紫垣聖也は素早く動いた。踵を返して出口へ向かう。しかし彼の視線はすぐさま乱れ、浴室のドアが見え、シャワーカーテンと天井が見え、女の髪と目が見えて、血だらけの顔の真ん中あたりで異様な眼がアップになった。死人の目だと怜は思った。瞬きしない死人の目だ。紫垣の視界はすぐに塞がれ、次の瞬間、舌がゴッソリ抜けて出た。

映像が途切れる。紫垣聖也は死んだのだ。

衝撃で、怜は自分のデスクにストンと座った。殺人現場を覗き見たどころの話ではなく、自分自身が殺されたような気分であった。怪異は相当見てきたが、これは違う、何かが違う。今までに経験したことのない寒気を感じた。

一方の広目は深く長い息を吐いたあと、自分の額を指で押さえて抑揚のない声で呟いた。

「……怪異が女のなりをしている」

「なりをしている？　どういうことだ」

赤バッジが訊ねたが、広目は死者の眼球を抜き出すと、それをボウルに投げ捨てて、何も言わずに部屋を出た。眼窩を洗いに行ったのだ。

あれを見た直後に動ける広目はすごい、と怜は思った。紫垣聖也の眼前に迫った女の顔は凄まじい瘴気を放っていた。冷たく、鋭く、怨みに満ちて、切り込んでくる殺気でバラバラにされそうだった。感応しただけの自分が腰を抜かしているのだから、死者の恐怖をダイレクトに見た広目のダメージは如何ほどか。こんなことを、広目さんは毎回やっていたのか。こんなこと……普通なら耐えられない。

考えていると赤バッジが言った。

「新入り。追いかけていって話を聞いてこい」

「え……でも」

「とにかく時間がないんだよ。マスコミが嗅ぎつけて、捜査本部が始動して、色々面倒臭くなる前に、処理するべきことはしなきゃならない」

「安田くん。行ってきたまえ」

と、警視正も言う。

広目が行う一連の儀式を邪魔したくはなかったが、警視正に命じられては仕方ない。神鈴は無言で立ち上がり、ボウルに残った眼球をビニール袋に片付け始めた。土門がそれを処理する流れも承知しているので、怜は素直に洗面所へ向かった。

ミカヅチ班のオフィスには衣装部屋や遺体安置室のような部屋まで備わっている。扱う事件が怪異がらみであるために、祓に使う塩や酒、真水や呪具や装束など、怜がまだ知らない品々も装備されているようだ。死者の眼球を使って光景を見たあと、広目は洗面所で眼窩をきれいに洗わなければならない。

そのつもりで洗面所へ行ってみたのに、広目はどこにもいなかった。真水で眼窩を洗った跡があり、御神水入りのペットボトルが出しっぱなしになっている。

トイレかな？　と思っていると、シャワー室から音がした。

怜はシャワー室へ行ってみた。シャワー室は男女兼用だが、神鈴が使う場合は鍵がかかっている。ドアが開くので中へ入ると、シャワー台のひとつで激しく水しぶきが上がっていた。各ブースには膝から胸まで隠れる半透明のアクリル板がつけられていて、アクリル板の向こうに広目の背中が見えた。長い髪をまとめる仕草で激しい水に顔面を打たせているようだ。

『広目さん？』

と、声をかけようとして、肩甲骨のなまめかしさに怜はハッと息を呑む。彼の背中はなめらかで、無駄のないフォルムをしていた。そこに黒髪が流れ落ち、淫らな彫像を見るようだ。腕の動きに合わせて動く筋肉と、その質感にゾクリとした。

シャワーが止まり、怪訝そうな顔で広目が振り向く。

「誰だ」

眼球のない目を伏せて、首を傾げた。

「あ。すみません、安田です。極意さんに言われて」

「言われて……なんだ？　ここで何をしている……よもや、おまえ——」

広目はアクリル板の奥で向きを変えると、眉を潜めてこう言った。

「——俺に欲情したのではあるまいな」

「ば、バカなことを言うもんじゃありません。なんてことを言うんですかっ」

怜は真っ赤になって否定した。

「ふふ。愚か者めが、そのうろたえ方がすでに怪しい」

冗談にしても表情をまったく変えないので、真意を測ることはできない。広目が平気な顔でシャワーブースから外へ出たので、怜は広目に訊いてみた。

「それよりも、大丈夫でしたか？　あんなショッキングなシーンを目の当たりに——」

広目は髪をほどいて振りさばき、壁に掛かっていたタオルで体を拭き始めている。

「——し……て……」

その精緻な裸体を目にしたとたん、怜は今度こそ言葉を失った。

薄い胸に薄い腹、腰骨から股間へと向かう下腹部の窪み、それはまるで性的に未分化な精霊の体を見るようだった。ざっと髪を拭いてしまうと、広目は腰にタオルを巻いた。そして怜に顔を向け、唇を歪めてニヤリと笑った。

「言ったはずだぞ。俺は戦いの命運を背負う広目天、百年に一度この世に生まれる不具の子だと」

男でもなければ女でもない。広目天の身体には、生殖器が形成されていなかった。

怜はただ立っていた。こうした場合、何を言うのが正しいのだろう。そうなんですねと言うのも間抜けなら、驚きましたと言うのも違う気がする。それは、たとえば、健常者には決してわかりえない溝を前にして、わかったふりをするのも違うし、わからないで済ませるのはもっと違うように思えるというような、申し訳なさに似た感情だった。眼球を持って生まれなかったことだけが彼の不運だと思っていたのに、自分はなにもわかっていなかった。わかっていないのに、わかったような気持ちでいただけのことだった。

広目の孤独はもっと根深い。彼の家系には百年ごとに彼のような子が生まれ、広目天として育てられると聞いた。広目天は不格好な目を持つ者という意味で、でも、そんなのは解釈の一部にすぎないと思っていたけど、だけどたしかに彼は生まれながらに戦う性を持たされたのだと怜は知った。

広目は髪を束ねて頭に載せて、薄い体にシャツを纏った。下着を着けてズボンを穿くと、再び怜のほうへ顔を傾け、

「なにか言え。俺のような者を見たのは初めてか」

と、怜に訊いた。

見えないとわかっているのに、怜は無言で頷いた。

広目は「ふん」と唇を歪めて笑い、シャツのボタンを留めていく。怜は彼の気持ちに寄り添えないことが辛かった。自分も孤独な人生を歩んできたが、それは広目が経てきたも

のとは根本的に違うと思った。広目天。この人は、どんな世界に生きているのか。

広目はタオルを片付けて、フロアのほうへと踵を返す。その瞬間、怜は彼の腕を摑んで引き留めた。

「なんだ」

言葉にできるはずがない。言葉なんてなにもない。だけど、ぼくはここにいる。

怜は広目を引き寄せて、背中に額を押しつけた。冷たい水の匂いがする。広目は言った。静かな声で。

「赤バッジの言うとおり、おまえはバカだな」

広目はシャワー室を出ていってしまい、外でイラついた赤バッジの声がした。

「なんだ、新入りはどうしやがった」

「俺の色香に中てられたのだ。放っておけ」

「てか、シャワー浴びるなら先に言ってけ。俺が自分で話を聞きに行ったのに」

「悪魔憑きが一緒では祓にならん。おまえこそ立場をわきまえろ」

「ケンカしている場合じゃないでしょ――」

そして神鈴の声が怒鳴った。

「――もう、安田くん！　舌抜き事件の最中なのよ！　広目さんのヌードに中てられている場合じゃないの」

なんとなく笑えてきて、怜は急いでオフィスに戻った。そしてどうやら自分以外のメンバーは、全員が広目の事情をわきまえていたのだと知った。そりゃそうだ。自分はメンバーになったばかりで、彼らは……いつから仲間をやっていたのか。

こういうとき、怜はなんとなく嫉妬に近い引け目を感じる。自分は馬鹿なヤツだと思う。

警視正はデスクに指を組んで座っていて、土門がその背後に立って、今は広目と赤バッジが警視正の前に並んでいた。神鈴だけが自分のデスクでパソコンのキーを叩いている。

「すみません」

と怜は詫びて、広目と赤バッジの隣に並んだ。

土門は広目については説明せずに、話を進めた。

「神鈴くんに背景を調べてもらっています。事件現場の周囲に忌み地があるかどうかを、ですね」

「あのあたりはむかし大久保と呼ばれた窪地でな、もともと怪異が吹きだまりやすい場所ではあるのだ。ただ、フラフラ集まってくるモノが化生して人を襲うことはまずないのだよ。同じように吹きだまっていく人間が毒気に中たって人を殺したり、死んだりすることはあったとしても、生きた人間が舌を抜かれた事件は珍しい」

土門と警視正が交互に言った。神鈴は自分のパソコンのモニターを見ている。

「ホテル周辺に忌み地はありません。ただ、閻魔堂を持つお寺ならありました」

「どこかね」

と、警視正が訊く。

「新宿区新宿にある浄土宗の太宗寺です。慶長元年ころに開かれた草庵が前身で、江戸三大閻魔のひとつと謳われる閻魔像が安置されているみたい。あっ、この閻魔像には赤ん坊を食べた伝承があるようですが」

それを聞くと土門は微笑み、お地蔵さんのような顔でこう言った。

「『付け紐閻魔』の伝承ですね？　その伝承は怪異でも何でもなくて、魂胆のあるデマなのですよ。太宗寺のあたりは四谷内藤新宿といって、大名内藤家の敷地に岡場所があったのです。幕府非公認の私娼街で、中心に位置していたのが太宗寺。よって人寄せのための怪異譚を創作して瓦版を刷り、寺に見物人や参拝客を呼び込んだというのが裏話です。内藤新宿には娼婦のほかにも飯盛り女や茶屋女などがいたものですから、人喰い閻魔、付け紐閻魔などと謳って、江戸の人たちが好きな怪談を仕立て上げ、繁盛を促したのですね。話自体は単純で、赤子が泣き止まないのに腹を立てた子守婆が、そんなに泣くと閻魔様に喰われるぞと赤子を脅す。はたして婆が居眠りをしている間に赤子は消えて、捜すと閻魔像の口から赤子の着物の付け紐がはみ出しているのを見るという」

「フェイクニュースだったのね——」

と、神鈴が言った。

「――どうりで処理班の忌み地ファイルに記載がないわ。禁足地らしき場所もない……エロ男三人に天誅を下したのは、ここの閻魔大王じゃないってことね」

「天誅でも何でもいいし、女が何者でもかまわんが、消えた理由は必要だ。中途半端な謎を残すとオカルト熱を煽ってオタクを呼び込む。オタクはしつこいからな、痛くもない腹を探られても困る。処理するなら早くやってくれ」

「あれでしょうかねえ。何かの理由で閻魔が女に化けていた。とか」

「いいや違う。あれは十王の閻魔ではない」

キッパリと、広目が言った。

閻魔の化生でなければ何だというのか。そもそも閻魔がこの世に降りて、自ら人の舌を抜くことなどあるのだろうか。

「そういえば閻魔様も十王の一人でしたね。十王堂とかっていうのも見ますけど、そもそも十王って……」

怜が呟くのを聞くと、警視正が首を回して教えてくれた。

「平たくいえば、人の死後、この世とあの世の間にある中陰で裁きを下す裁判官たちだな。五番目の閻魔王を含め、十の王がいる。十王堂を建てるのは、生前に十王を祀れば死後の裁きが軽くなると言われるためだ」

「平たくいうと賄賂よね」

と、神鈴が笑った。赤バッジは立ったままイライラと貧乏ゆすりをしている。

「広目に訊くが、舌を抜くのが閻魔でなけりゃ、なんなんだ？　閻魔を真似た妖怪か？」

「鬼だよ」

と広目が言ったとき、怜は謎の女の眼を思い出して全身ザワリと総毛立った。

「うわ……なんか鳥肌立ちましたけど」

「私もよ。ものすごーく、ゾッとした」

神鈴も二の腕をさすっている。

「はっきりしたことはわからんが、俺は怨霊が化身したタイプではないかと思う。女は死人の目をしていた。人ではない。閻魔でもない。俺もああしたモノを見たのは初めてだが、仏典でいうベーターラ、死人に取り憑いてしかばねを操る鬼神……屍鬼と呼ぶべきモノかもしれん」

「たしかにそのタイプが人を襲って、舌を抜くのは初めてね」

と、神鈴が言った。

怜はさらに寒気を感じた。紫垣聖也に襲いかかった女の顔が瞼の裏に張り付いてくる。死人の目は死んでいるだけでもう怖いのに、それが女の肉体を得て動いていたということが、さらにおぞましく思われるのだ。

「なるほど、そうか……人を喰うのは鬼と相場が決まっているからな」

「喰ってはいない。女は舌を吐き出した。現場に落ちていただろうが」

赤バッジは、細かいことを言う奴め、という顔をして広目を睨んだ。

「広目くんの説には一理あります。鬼は自在に姿を変えますのでね、なかなか見分けがつきません。生身の人間を襲うタイプは、ここしばらく出ていないのですが」

「麹町、四谷、歌舞伎町あたりは昔から事件の多い土地ではあるが、鬼が直接人を襲うのは珍しい。人に取り憑いて悪事をさせて、邪(よこしま)な信仰を集めることで満足していると思っていたが……」

警視正もそう言った。神鈴は赤バッジに訊ねている。

「それがどうして今頃になって、実体化して現れたのかしら？　もしかして、次の犠牲者も出るってことなの？」

「鬼でも何でもかまわんが、このままじゃマズいことは確かだ。消えた女を目撃しているADの証言が表に出れば、物見高いバカどもがホテル周辺に詰めかけて、また襲われるなんてことになるかもしれない。そうなれば日本中が面白がって、あれこれ好き勝手なことを騒ぎ立てるぞ？　専門家を謳う者どもまでやって来る。不思議な話でとどめておくことも難しくなる」

一同は沈黙した。

事件が怪異の仕業であると決まれば、人の仕業に偽装するのが処理班の仕事だ。

怜らは誰からともなく壁際に進み、積み重ねてある会議用の椅子を持って戻った。そしてわずか一分足らずのうちに、ミカヅチ班の全員が会議用テーブルに向き合っていた。


一同が思案している隙に、赤バッジは四谷署の捜査陣に電話をかけて捜査の進捗状況を確認した。殺害された三人はもともと評判が芳しくなく、過去にもレイプの被害届を受理したケースが複数あったが、すべて示談が成立していたということだった。潜在被害者はもっと多いはずだと担当捜査官は話し、ミカヅチ班の全員がそれと同意見だった。

本日未明の出来事は、猪戸三郎がメガホンを取る初めての映画が予定されていて、主演の紫垣聖也とディレクターの鬼頭が、紫垣の初恋の相手役を演じる女優に推すと口実をつけて新人女優上林桜子を呼び出し、夕食のあと酒の席へ連れ回している最中に起きたという。同行したADの岡田は事情聴取に素直に応じ、男たちの破廉恥な行動を包み隠さず話した。その内容に捜査陣は辟易しているということだ。

「残念ながら事件はすでにニュースになった。事故死ではなく殺人事件として」

通話を切ると赤バッジが言った。

「ただし、死因はまだ公表してない。もしも本当の死因を知ったら、メディアもプレスも大騒ぎだな」

他人事のように言って椅子に腰掛け、足を組んで頭を搔いた。

「悪事と淫行がバレて叩かれるときに、当の本人がもう死んでいるというのがいただけない。あいつらは誹りを受けてから死ぬべきだったんだ。怪異のバカ野郎めが、性急な真似をしやがって」

「極意さんの意見には賛成だけど、美人に舌を抜かれて死ぬなんて、スケベ野郎には最高の死にざまじゃない？　皮肉すぎて笑っちゃうわよ」

神鈴は毒を吐いてから、大真面目な顔になって言う。

「それよりも、いま重要なのは処理の仕方よ。すでに死体は警察にあるわけで、起きてしまったことは隠せないのよ。どうするの」

「そちらを隠す必要はないのでは？」

と、土門が言った。

「短時間にどうやって舌を抜いたとか、どんな道具を使ったのかということは、然るべき部署に任せておけばよいと思いますがねえ。死因や方法を調べても答えが出ない事件は山のようにありますし、この事件にかかずらっている間にも、新たな事件はどんどん起こるものですし……」

怜自身も、さっきからそれを考えていた。

「ぼくも班長と同意見です。今回のケースの問題点は、女性が消えたミステリーだけですよね？」

　赤バッジが顔を上げて怜を睨んだ。眉がなくて目が鋭いので、目が合うだけでも殴られるような気がして自然に視線を逸らしてしまう。

「あ？　そこだけなんとかすりゃいいってか」

「はい。最低限そこだけクリアできれば、事件はともかく、怪異からは世間の目を逸らせるんじゃないでしょうか」

「新人の意見は一理ある……事件が公になったいま、すべてを隠そうとすれば無理が出る。むしろ女が消えた理由だけ、捏造すればよいというわけだな」

　広目も言った。

「だがなあ……捏造ったって、事件はもう起きてるんだぞ」

「僭越ながら、極意さんは文句ばっかり言っていないで、少しは考えたらどうですか。この案件を持ち込んできたのはあなたでしょ？　あなたは刑事で、事件の捜査と、その背景を調べるのが仕事なんじゃないですか」

　少しばかりムッとして怜が言うと、

「持ち込むのが俺の仕事だ。処理するのはおまえらの仕事、背景っていうけどな、あっちの事情なんか、俺たちには理解できねえんだよ」

「まあまあ」

と、土門が間に割って入ってきたとき、怜は本当に言いたいことを考えていた。

さっきの神鈴の言葉である。

——もしかして、次の犠牲者も出るってことなの？——

また出るかもしれない犠牲者を、赤バッジはまったく問題にしていない。怪異を隠蔽するのはいいとして、その原因を探らなかったら再び同じことが起きるかもしれないし、今回の三名同様に悪意を持った人物だけが犠牲になるとも限らない。女の正体や目的がわからなければ、また起きるかもしれない事件を止められないし、そのたびに苦労して隠蔽するのは効率が悪いと思う。事件は再び起きる可能性がある。また起きる……そんなことを考えていたら、突如閃き（ひらめ）が降ってきた。

「……そうか」

と、怜が顔を上げると、赤バッジが、

「なんだ」

と訊いた。怜は仲間の顔を順繰りに見た。

「女性が消えた謎だけ解決できればいいのなら、同様の事件をもう一度起こして、消えた理由を明らかにしたらどうでしょう？　消えたのではなく、うまく逃げたと証明したら」

「同様の事件を起こす？」

警視正が訊き、

「うまく逃げた」

と土門は呟き、

「どういうことだ」

と赤バッジも言った。

「フェイクの事件を起こすんです。そして今回の事件が怪異でも何でもなかったと証明する。つまりですね、女性と連れがホテルに入るところを防犯カメラにバッチリ撮られて事件を起こし、防犯カメラに写ることなく外へ出る。ただし、なぜカメラに写らなかったかは、わかるようにするんです。そうだな……たとえば……」

「ホテルのカメラには写らず外へ出て、建物の外のカメラに写るとか？　もしくは回転窓の隙間から、本当に外へ出てみせるとか」

「三階だぞ？　誰がそんな真似をするんだ」

「極意さんならできるでしょ？　人間離れした能力があるんだし」

神鈴は極意に微笑んだ。ミカヅチ班のメンバーはそれぞれが特異能力を持っている。極意京介のそれは超身体能力で、三階の窓から飛び下りるくらいは朝飯前といえそうだ。

「よいアイデアだ……と、言いたいところが、消えねばならぬのは女だぞ？　赤バッジを女と見紛うバカがどこにいる」

「そんなこと言うなら、広目さんが女に化けて脱出すればいいじゃない」

「無茶言うな。三階から飛び降りたら俺は死ぬ」

あ、やっぱ死ぬんだ。と怜は思い、広目をなんだと思っているんだと自分に訊いた。

「ていうか、もっと単純な、普通の人間でも可能なトリックがいいと思います。たとえばですけど、フロントの人が部屋へ来たときはシャワー室に隠れていて、その人が警察を呼びに行った隙に部屋を抜け出し、ワゴン型のリネンカートで移動するとか」

「殺害現場にカートはあったかね？」

警視正が赤バッジに訊いた。

「なかったと思いますが」

「それなら、防犯カメラの映像を、カートが写ったものと差し替えるのはどうかしら？防犯カメラの映像は所轄署にあるのよね？」

神鈴の言葉に赤バッジはニヤリと笑った。

「ある。しかも捜査陣はホテル周辺の映像含め徹夜で確認しているからな。女の姿だけに注力している場合、それ以外の情報はうろ覚えになって、今ならカートを足した映像とすり替えても気付かれない可能性大だ。捜査陣が何度も映像を見返す前に実行しよう。四谷署へは俺が行く」

「待て、大きな問題がひとつある」

と、広目が言った。

「事件を起こすのはよいとして、被害者はどうする？　舌のない遺体を三婆ズに調達させるのか？」

警視正がそれに答えた。

「件の事件で殺害された三人は生きながら舌を抜かれたわけだ。新鮮な遺体は用意できるとしても、舌を抜かれて死んだ遺体までは無理だろう。死亡推定時刻も合わせねばならんとすると、実際に人を殺すしかないということになる」

ニタリと笑うので、怜はゾッとした。

「……え……まさか……」

慌てて前言を撤回しようとしたとき、土門が言った。

「死体は必要ないのではないですか？　女が人であったことだけ示せばそれでよいでしょう。初めの事件では女が消え、二度目の事件では死体が消える。どちらも怪異に見えますが、女が人であったことを示せば、捜査陣は二度目の事件で死体が消えた理由も懸命になって探すことでしょう」

「でも班長。探しても答えは出ないんですよ？」

怜が言うと、土門はニコニコしながら、

「結構なことです」

と、頷いた。

「事件が怪異がらみと思われなければそれでよいのです。警察はトリックを解明しようとがんばりますが、答えなど出なくてもかまいません。被害者は自業自得の輩だし、ホテルと警察以外は迷惑しませんしねえ」

「よし。では、事件を起こすことにしよう」

警視正の号令で、ミカヅチ班は全員が席を立って動き始めた。

其の二　舌抜き事件ふたたび

あんな事件が起きたばかりというのに、夜の歌舞伎町界隈は今宵(こよい)も酔客で溢(あふ)れていた。

赤バッジが証拠品の防犯カメラ映像にカートを仕込んで数日後。怜は赤バッジと共に新宿ゴールデン街にある老舗の居酒屋で飲んでいた。

素顔が怖すぎる赤バッジは神鈴の勧めで眉毛を描いて、目元を隠せる濃い色のサングラスをかけ、目深にニットキャップを被っている。ガタイのよさは隠しようがないので、むしろTシャツを着て誇張することにしたのは、その姿をどこかしらの防犯カメラに残しておかなければならないからだ。

小柄な怜は、三婆ズの千さんがドレッドヘアをなで付けるときの油を使って直毛にして、昭和のサラリーマンのようなオールバックに整えて、ジョン・レノンが愛用していたような丸メガネをかけていた。ただし、その程度の変装など個人の識別に使用されるＡＩの顔認証ソフトを欺けないと神鈴に言われて、半強制的に第二の秘策を施されていた。つまりは顔の特徴点を曖昧にするために、三婆ズの小宮山さんが持ってきた怪しげな漬物を食べて顔面を腫らしたのである。

現在の怜は頬に鼻がめり込んで、遮光器土偶さながらの細い目に変わっている上に、目や鼻や口の位置をずらすため特殊なテープで皮膚を引っ張り、頭皮の中で留めていた。顔面が腫れた自分を鏡で見たときは叫びそうになったけれども、警察官を欺く自分が警察庁の関連機関で働いていると知られるわけにはいかない。

居酒屋は狭い店で、客と店主との距離があまりに近く、たばこをスパスパ吸いながら、老齢の女将（おかみ）がしきりに声をかけてくる。赤バッジは美しいテノールが耳に残るのでまったく喋らず、専ら怜が甲高い声と単語だけで会話をした。こうした店の女将は一見（いちげん）の客でもよく覚えているため、印象づけてから店を出る。これから消える人物が実在していて、事件に巻き込まれたという証拠のためだ。

防犯カメラが設置されている場所とその向きは事前に神鈴がサーチしてくれたので、怜らは頭の中でシミュレーションしながら写されるべき場所を通り過ぎ、写らない場所で立ち止まってから、打ち合わせをした。

「血糊（ちのり）は？」

路地裏のゴミ箱の陰で赤バッジが訊いた。会話がぶっきらぼうすぎて厭になる。

持ってきましたと答える代わりに、怜は上着のポケットを叩いた。

「今の店には、なにも残してこなかっただろうな?」

「グラスには触りましたが、指にボンドを塗っているので指紋は出ないと思います」

「なら問題ない。あの店の女将は几帳面(きちょうめん)で、客が帰るとすぐに食器を洗うんだ。しかも話をしながら食器を磨く癖(くせ)がある」

たしかに怜が飲んでいたときも、くわえたばこで食器を拭きながら、つまみの巾着(きんちゃく)を煮込んでいた。あの場所で商売を始めて六十年と言っていたから歳は八十近いのかもしれないが、気さくで陽気でズバズバともものを言う人だった。次はゆっくり飲みに行きたいけれど、『あのとき顔が腫れていたお客さんだよね?』などと訊かれたら怖い。

赤バッジは改めて怜を見下ろすと、

「それにしても酷え顔にされたもんだな。小宮山の婆さん、容赦ねえからなあ」

惚(ほ)れ惚(ぼ)れするような声で呟いてから、「ぎゃはは」と笑った。人の気も知らないで。

「笑い事じゃないですよ。仕事とはいえ、顔が熱持って熱いやら痒(かゆ)いやら……これ、ホントに元にもどるんですか」

「三日も経てばもどるだろ」

「三日!」

と、怜は悲鳴を上げた。

「シッ……でけえ声出すんじゃねえよ。あとな、顔がもどるまでは本庁に来るなよ？　庁内のカメラに写るとヤバい」

「わかってます……でも、三日って……」

「かぶれだからな。腫れが引けたら斑になって、最後は顔中にかさぶたができるぞ」

「ええ……」

情けない声を出すと、赤バッジはまたも「ぐへへ」と笑った。

「それと、現場には髪の毛一本残すなよ？　まあ、千さんの油でベッカベカに固めてきたから大丈夫だな……俺もキャップを被っているからOKと」

「DNAを残す可能性があるとしたら広目さんだけだと思いますけど」

「ヤツはOK。広目は大丈夫だ」

赤バッジは言い切った。それは広目が髪の毛を落とす可能性がないということではなくて、万が一毛根付きの髪を残しても鑑定できないという意味だ。彼のDNAを調べたら、男と出るのか、女と出るのか、怜はシャワー室の一件を思い出し、ミカヅチ班のメンバーの底知れなさについて考えた。

夜の飲み屋街は饐えた臭いだ。路地裏のポリバケツのフタが動いたと思ったら、丸々と肥えた鼠が顔を出し、怜と赤バッジを恐れるでもなく地面に落ちて、のそのそと暗がりへ消えていく。空気がムシムシと湿った夜で、木造長屋の庇の上に灰色の空と、遠くに黒い煙突の影が浮かんでいた。

そろそろ広目が、防犯カメラに写り込まないルートを通ってこちらへ向かってくる時間になった。そうしたら彼と合流してホテルへ連れ込まなければならない。不遜な理由から身柄を拉致され、強姦されそうになって襲い返す女の役は、班の紅一点である神鈴がやるものだと怜は安易に考えていたが、神鈴は小柄で可愛らしい体形なので怪異の化生と似ていないことから、広目に白羽の矢が立ったのだ。

防犯カメラに写った女の姿を参考に、神鈴が広目に化粧を施し、その後土門が彼をここまで運び、目立たぬ場所で広目を降ろす。この小路を出てしまうとホテルへ向かう道にはカメラがあるので、路地で彼と合流し、カメラに写りながらホテルへ向かう段取りだ。

そのときには姿勢と歩き方に注意しろと、怜は赤バッジから言われている。広目自身は酔った前提で引きずられていくからいいとして、怜や赤バッジは姿勢から歩き方まで証拠が残る。昨今では映像に残った歩き方から個人を特定する方法まであるといい、一時たりとも気を抜くなと、赤バッジは言うのである。

そうであるなら、街中に防犯カメラがたくさんある現代でも犯罪がなくならないのはなぜだろう。人はそれほど愚かであるのか、もしくは土の底に蟠っている様々な力が人を悪事に駆り立てるのか。灰色の空を見上げていると、

「お嬢様のお出ましだ」

低いテノールで赤バッジが言った。

小路の先の暗がりに、スラリとした長髪の女が立っている。ミッション系女学院の制服のような清楚なワンピースに身を包んだ広目は、色白の肌に口紅の赤さが映えて、誘うような色気があった。赤バッジは踵を返してそちらへ向かい、

「なかなかの美人だ。松平神鈴はいい腕をしてるな」

と、ニヤニヤ笑いをかみ殺すように呟いた。

「それ以上何か言ったらおまえを殺す」

かたや広目は不機嫌で、水晶の目で赤バッジを睨んだ。

「口を開くと可愛げがない。だが、まあ、お互いに仕事だからな」

赤バッジは怜に顎で指図して、広目の向こう側に立てと言う。囲まれると広目は、

「クソッ」

と小さく吐き捨てて、赤バッジと怜に体を預けた。

三人で表通りへ出たときには、広目は赤バッジに抱えられ、ほとんど歩けない女の姿を上手に演じた。茶番劇だとわかっていても、同じようにしてホテルへ連れ込まれた女性が何人もいたと思うと、やるせなさと怒りを感じた。どうして誰も彼女たちを救おうとしなかったのだろう。酔った自分が悪いとでも思ったのだろうか。それとも単に関心がなかっ

たということか。事件は女性の人生を変えたことだろう。色々なことを考えてしまい、歩き方を演じることを忘れそうになる。そのたび広目が小さな声で、

「足……足……」

と忠告してくる。視覚はないがそれ以外の感覚が異様に鋭く、音だけで怜の歩き方がわかるらしい。広目の体はほぼ赤バッジが抱え込んでいるので重さはないのに、せめて歩くことぐらいは演じ続けなければならない。怜は、土門から就職を促されたときのことを思い出した。職務内容は保全と事務と清掃だと聞かされて、清掃員をするものとばかり思っていたのに、清掃は清掃でも、とんでもない仕事があったものだと苦笑する。その笑みがカメラに写ったならば、スケベなクソ野郎を演じきれたということだ。

前方にホテルの明かりが見えてきた。それはビルの壁で光っているパネルのような看板だった。大げさな表示は何もなく、部屋の写真と料金表がさりげなく示されている。うなだれて髪で顔を隠した広目が、もう一度小さな声で、「クソ」と言った。

申し合わせておいたホテルへ入ると、怜が率先して部屋を取り、狭いエレベーターに三人で乗った。庫内にもカメラがあるので広目を介抱している素振りで顔を隠した。広目自身は長髪で顔が隠れて見えず、それはあの夜の女も同様だった。気を付けたのは女が着ていた清楚な服で、当日のものは血塗(ちまみ)れになっているはずだから、神鈴が女の好みを考慮して、慎重に衣装を選んでいた。未成熟な広目の体をそれに包めば、件の女そのものに見え

るだろう。

部屋は四階。臨時雇いの清掃員としてまんまとホテルに潜り込み、三婆ズが廊下に置いたカートの位置も申し分ない。エレベーターが止まると、またも怜が先に降りて廊下を進み、カードキーを使ってドアを開けた。短気な赤バッジが意識朦朧(もうろう)としているふうの広目を抱きかかえて部屋に入ると、怜がドアをぴっちり閉めた。

「もういいか」

床に降ろされると広目は赤バッジを突き放し、清々したという口調で言った。

「スカートはスースーするな。女はよくもこんなものを穿いている」

赤バッジのほうはズカズカと室内へ進み、ベッドの脇で上着を脱ぎながら、

「広目。とっととベッドに上がれ」

と、広目に言った。広目はジロリと赤バッジを睨んだ。

「そこまでやれとは言われていないぞ」

「バカか、ベッドに人がいた形跡を残すためだよ。警察の鑑識を舐めてんのか」

二人のやりとりを見ているうちに、不覚にも怜は吹き出した。緊張が高まれば高まるほど、笑いの神は突然攻撃を仕掛けてくるのだ。

「おまえもだ、新入り。笑ってないで、やることをやれ」

緊張のせいか、赤バッジもイライラしている。

ホテルの間取りは事前に隅々まで調べてあるが、現場ではいつ何時、何が起きるかわからない。今から事件を捏造し、広目を外に逃がさなければならない。

事件が起きたホテルは捜査が済むまで営業を休んでいるので、今夜は似た構造のホテルを選んだ。部屋のドアは外側に開くタイプ。入ってすぐにシャワー室があり、ドアがクロゼットと密接しているため、シャワー室のドアの陰からクロゼットへの移動が可能だ。ホテル清掃員の制服は三婆ズが一着盗んできてくれたので、怜はバックパックからそれを出し、広目が着替えられるようクロゼットにセットした。部屋の窓は大きいが、やはり回転式で、外にエアコンの室外機があり、隣のビルと密接している。室内にはカメラがなく、鏡の裏に隠しカメラがないことも赤バッジの調べがついている。こうしたホテルには盗撮用のカメラが仕込まれていることがあり、映像が裏ビデオとして売買されていると聞かされたときには、怪異よりも人のほうがずっと浅ましくておぞましいと怜は思った。

その後、怜は広目とベッドに乗って、シーツに皺と窪みを作った。その間に赤バッジは回転式の窓を開けて金具を確認した。窓の隙間は腕一本が入るほどだが、赤バッジは上下の取り付け金具をガタゴト鳴らし、何事か算段をつけて戻ってきた。

「やるぞ」

赤バッジがそう言うと、怜と並んでベッドにいた広目が頷いた。

怜は胸のポケットから血糊を出して赤バッジに渡し、静かにそっとベッドを下りた。

このホテルはフロントにも人がいる。高齢の男性で、ホテル業のプロという雰囲気はなく、時給の高い夜間勤務に就いているだけといった印象の男だ。

本物の事件が起きたときとほとんど同じ十数分後、怜は転がるように廊下を走り、エレベーターに飛び乗った。一階へ降りると、ドアが開くのももどかしいというように箱を飛び出してフロントへ駆け込んだ。自分の姿は撮られている。頭の中で広目の声が、足……足……と呟いていた。股関節を外側に向け、気を付けながらカウンターに取り付いて、怜は叫ぶ。

「来て。大変だ」

その手にべったり血が付いているのに気がつくと、フロント係は目を丸くした。

痕跡を残すのが人工の血糊では拙(つたな)いので、手についている血は本物だ。用意したのは三婆ズで、彼女たちは血液から死体まで、なんでも調達してしまう。

「ど……どうしましたか」

「来て、部屋を見てください」

怜は叫び、フロント係を伴って四階へ向かった。エレベーターの中ではカメラに背を向けて立ち、それが不自然に見えないように、床にしゃがんで頭を抱えた。

「連れが女に舌を嚙み切られて」

「えええっ」

哀れなフロント係は泣きそうな顔だ。

四階に着くとドアが開き、怜が先に部屋へと向かう。扉を閉めるとオートロックが起動するので、フロント係はマスターキーを取り出してから、

「お客さんも怪我したんですか」

と怜に訊いた。怜は首を左右に振ったが、フロント係が本心から気にしているのは怜の怪我のことではなくて、ドアを開けたら凶悪犯が自分に襲いかかってくるのではないかということだ。彼を騙すのが気の毒になって、怜はドアの脇に立つ。凶悪犯が出てきた場合、先に襲われる位置である。フロント係はキーをかざして解錠すると、ドアノブに手をかけた。開ける勇気がないのか、大声で呼ぶ。

「お客さーん？　大丈夫ですか？　お客さーん？」

そうしておいて怜を見るので、怜はコクリと頷いた。ガチャリとノブが回ってフロント係がドアを引き開け、怜が先に部屋へ入った。今だ。

「うわあ……ひいいーっ」

怜は大げさに悲鳴を上げながら、背中でドアを全開にする。

フロント係に見えるのは、正面の窓と床に引きずり落ちたシーツ。大量の血痕。床に仰向けで倒れた赤バッジの姿だ。裸の胸は血塗れで、大きく開いた口からゴボゴボと血を吐

いている。血液の汚れで顔は確認できず、ほかには誰の姿もない。

「ひえええ！」

フロント係はのけぞって、危うく腰が抜けそうになる。

怜がその場でペタリと床に尻餅をつくと、フロント係は床を這うようにして廊下を逃げ戻っていく。クロゼットに隠れていた広目は浴室ドアの陰まで移動し、ドアに隠れて入口に出た。開け放していたはずのドアが動いて、広目はカートの陰へと移動する。そのとき、着ているものの裾をカメラに写した。彼はすでに清掃員の制服をまとい、この後はカートの陰でタイミングを待つ。怜は再びドアを開け、大声で「火事！」と叫んだ。

「火事！　火事！」

人殺しと叫べば、人は保身で部屋を出てこない。けれど火事と叫んだら、様子を見ずにはいられない。ほかの部屋のドアが開く音が聞こえてきたので、怜は素早く部屋に戻ってドアを閉めた。

広目は騒ぎのどさくさに紛れて非常口から外へと逃げる。廊下のドアが次々に開くのを待って、広目はカートを押し始めるだろう。防犯カメラの映像が各室のドアで遮られてしまうことも調べがついている。

血だらけの室内で、怜は赤バッジと二人になった。

「ぐえ、がぼ、げほ」

と噎せながら、赤バッジは腹筋の力だけで体を起こした。ベッドの脇には脱ぎ捨てたシャツがあり、血しぶきが飛んで汚れている。出口に立っている怜に顔を向け、赤バッジは吐き捨てた。

「ババアどもめ。血糊にまで本物の血を使いやがって」

赤バッジは血糊の袋を口に押し込み、嚙み破ることで血を吐いた。他人の血を口に含むなんて、その不快感は如何ほどか。愚痴を聞いてやりたい気もするが、時間はないのだ。

「現場を汚さないよう気を付けてこっちまで来い。絶対に血を踏むんじゃないぞ。鑑識が不審に思うからな」

床に手をつくこともなく、頭をワイヤーで吊られたように立ち上がり、怜が近づくのを待っている。足の置き場を慎重に選んで近くまで行くと、赤バッジはヒョイと怜を抱き寄せて、わずか一歩で窓辺へ移動した。

「どうするんですか」

訊くと赤バッジは血だらけの顔で、

「逃げるんだよ」

と、短く言った。口と顔と胸は血塗れながらも、彼の両手はきれいなままだ。対して怜はフロント係を謀るために両手に血をつけている。

「どこにも触るなよ。俺の身体以外には」

赤バッジはそう言って、ガコン！　と回転ドアの金具を鳴らし、半回転させた窓から外へ出た。エアコンの室外機に足をかけ、腕を伸ばして怜を招く。

　その腕に手をかけながら、

「ここ、四階ですよ」

　と怜は言った。そっちはどうだか知らないけれど、ぼくは生身の人間なんだ。

「落ちたら死にます」

　そう訴えると、赤バッジはニヒルに笑ってこう言った。

「死んで済むなら容易(たやす)いものだ」

　それはどういう意味だろう。訊ねたり考えたりする間もないほど早く、怜は赤バッジに抱えられ、彼が窓の金具を定位置に戻すのを見たと思った瞬間、ビルの隙間を屋上へ向かって駆け抜けていた。赤バッジの体は硫黄のような臭いを発し、腕や足や胸が奇怪な形状に変じたが、それに驚く暇はない。鼻先をビルの壁がもの凄い勢いで流れていって、腫れて膨らんだ顔面をこすり取られるのではないかと思った。

　屋上に着くと赤バッジはさらに跳躍し、隣のビルへ飛び移ってから、ようやく怜を放して水抜きの側溝に血を吐いた。

「ちくしょう！　少し飲んじまったじゃねえか」

　生の血液は素晴らしい。ゲル状になって滴りにくいからである。三婆ズはそこまで計算したのかなと怜は思い、自分の腫れた顔に鑑みて、いや違う、単に面白がっているだけだと思い直した。

赤バッジの姿は異様であった。こちらに背中を向けてしゃがんでいるが、筋骨が隆々と盛り上がり、俯いた頭の奥に角らしきものが伸びていた。たぶんズボンを剝いだなら、棘のある尻尾が生えているんじゃないかと思う。こうした彼を見るたびに思い出すのは中世の悪魔の像だ。巨大な上半身と山羊の脚、額に角を生やしたおぞましい姿だ。死んで済むなら容易いものだと彼が言った理由はなんだ。それを本人に問いただすには、信頼関係が足りていないと怜は思う。興味本位で訊いていいことじゃない。そして彼が悪魔に憑かれた理由を考えてしまう。赤バッジ自身に悪魔の素養があったからではないといい。そうなら、ミカヅチ班はぼくの居場所になり得ないから。

隣のビルの屋上には予め着替えの服を用意しておいた。二人はボディシートで血を拭い、服を着替えて、汚れた衣装をバックパックに詰めた。ここから歌舞伎町を抜け出すまでは別行動だ。揃ってカメラに捉えられると別の憶測を呼んでしまうし、死体と第一発見者が消えた謎はそのまま残しておく計画だ。

女（広目）が生身の人間であると印象づければ警察は女を追いかける。そして事件は迷宮入りする。そうした例はごまんとあると警視正が言っていた。第二の事件を起こしたのが警察内部の者とも知らずに、奔走する捜査陣には申し訳ないことだと怜は思う。

見上げると、まばらな星が瞬(またた)いていた。下から吹き上げてくる風は料理の匂いで、縁日の屋台を思い出させた。このあたりのビルはどれもさほど高さがなくて、高層ビルのシルエットは少し離れた場所に浮かんでいる。風は生ぬるく、湿っていて、雑踏と欲望の匂いがする。服を着替えると赤バッジはすっかり赤バッジに戻ったが、かぶれで顔を腫らした怜のほうは自分とは思えないビジュアルのままだ。髪の油を拭ってもフワフワの天然パーマには戻らないので、怜は野球帽で髪を隠した。

「広目さんは大丈夫でしょうか」

近づいてくるサイレンの音を聞きながら言うと、

「広目に限ってヘマはない」

と、赤バッジは言った。鼻を衝く悪魔の臭いはどこかへ消えて、甘い声で怖い顔の青年刑事に戻っている。彼は窺うように怜を見つめてニヤリと笑った。

「アイツに同情するとか、やめとけよ」

広目の秘密を知って悶々としていた心を見透かされたようで、怜は思わず眉をひそめた。

「同情……とは違います。たぶん」

「じゃあなんだ？　衝撃か？　アイツは確かに目玉がないが、俺たちよりずっとよく見えている。特徴的な体だが、だから不幸ということもない。見てみろ」

首を振って下方を指すので覗いてみると、建物外部の非常階段から広目が抜け出していくところだった。鉄の手すりには触れもせず、かといって走り下りるわけでもなく、堂々と階段を下りていく。ワンピースの上から清掃スタッフの制服を着たらしく、ズボンのお腹あたりが膨らんで太った体形に見え、長髪は帽子に巻き込んでしまったらしい。赤バッジに言われなければ、それが広目だとは気付けなかったことだろう。

赤バッジは澄んだテノールでこう言った。

「そもそも広目だけじゃない。俺たちミカヅチ班は全員怪しい」

それには怜も同意する。赤バッジはフッと白い歯を見せた。

「ここを出たらレッドのれん街まで行って、あとはおまえの好きにしろ。そこまでのルートにはカメラがない」

「広目さんは、放っておいていいんですか」

赤バッジは首をすくめた。

「言ったろ？　アイツはおまえの数倍しぶとい。自分の心配をすることだ」

じゃあな、と言って赤バッジは貯水槽の向こうへ消えた。スパイダーマンみたいにビルからビルへ飛び移っていったのかと思ったが、そのすぐあとでドアが閉じる音がしたから、怜は少し気が抜けた。遺留品を残していないか確認してから、同じドアを通って階下へ向かう。そのころには赤色灯の光が下に見え、隣のビルが慌ただしくなっていた。

木を隠すなら森の中、人を隠すなら人の中、という慣用句を思い出す。隣のビルを出てみると、ホテルの前に野次馬の人だかりができていて、酔っ払いどもが好き勝手なことを言いながら担架で運ばれていく人を見ていた。死人は出なかったはずなのに誰が運ばれているのか見ているると、それはあのかわいそうなフロント係の老人だった。ショッキングな現場を目にしたせいで貧血を起こしたのだと警察官が話している。怜は心で詫びながら、人垣を離れて路地へと向かった。

酔っ払っていても好奇心には勝てないのか、路地を歩く人は少なく、脇の店はどこも扉を開け放っていて、カウンターで酒を飲む客たちでさえ、大通りの喧騒に注意を向けているようだった。看板と店の明かりが眩しくて、それ以外の場所が余計に暗く、壁に赤色灯が照り返し、サイレンの音に交じって下手くそなカラオケの音が聞こえていた。

「……ふう」

誰にも聞こえないように溜息を吐いた。

実際に赤バッジを殺したわけでもないのに、フェイクで演出した事件現場のもの凄さと、本物の血の臭いで胸がムカついた。それともこれは、フロント係と警察の人たちを騙したことへの後ろめたさか、罰なのか。大都会にも田舎にも、観光地にもお寺にも、どこにでも怪異はあるけれど、見境なく人を襲ったり、直接的に殺したりすることはほとんどないと、怜自身は思ってきた。けれどもミカヅチ班で働くようになって、それは隠蔽されていただけのことだと知った。今夜自分たちがしたように。

ふっと怜は立ち止まり、振り返って、闇を見た。何かの気配を感じたからだ。

——言えなかった……黙っていた……——

どこかで声が聞こえた。ように思った。

あれほど生暖かい夜だったのに、吐く息が白くなっている。数メートル後ろの電柱の陰に人がいて、背中の丸さにギョッとしたものの、「うげえっ」と吐く声がしたので、ただの酔っ払いだと知れた。なあんだ。と、怜は思い、それにしても、針で刺されたように皮膚がチリチリ粟立っているのはなぜだろうと考えた。ゆっくりもう一度息を吐き、急激に寒くなっていることを確かめる。酔っ払いはまだうずくまっている。飲み屋から聞こえる音は消え、あたりの闇も濃くなった。

——言えなかった……黙っていた……——

再びどこかで声がした。心臓に針を刺すような、か細くて鋭い声だった。ジリ……と怜は後ずさり、踵を返したその瞬間、すぐ目の前に痩せた女が立っていた。

腰までの長い髪、くるぶし丈のワンピース、体つきは未成熟な少女のそれだが、淫らな色気を纏っている。あまりに距離が近かったので、咄嗟に怜は身構えた。

人ではない。そのことだけを肌で感じた。

女は俯き加減になっていて、長い髪が頭頂部できれいに分かれているのが見えた。眉間から頭頂部を通ってうなじへ延びる地肌の線は顔色を思わせる白さがあって、けれども長い髪は汗かなにかでベタついていた。咄嗟のことでなにも言えずに黙っていると、女がわずかに顔を上げたので、凛とした眉と上目遣いの眼が見えた。その切れ長の眼には見覚えがある。紫垣聖也の眼球を用いて広目が見た光景を通じて、怜自身が見たものだ。

死人の目だと思ったが、直に見たら間違いなく白濁しかけた死体の目だった。

「……屍鬼」

怜は敢えて声に出し、低く、鋭く呟いた。相手に呑まれないためには必要なことだ。

女はさらに顔を上げ、すると、すっきりした鼻梁と薄い唇が窺えた。その唇を微かに動かして、女は言った。

「はて。本当の鬼はどちらでしょうか。私を輪姦しようとした男どもか、それから身を守った私自身か――」

挑むように顔を上げ、怜を見つめて『にっ』と笑った。

頭から冷水を浴びせられたようにゾーッとしたのは、美しい顔の口元にギザギザの鋭い歯が並んでいたからだ。恐怖に縛られるより先に怜は思った。なるほど、こんな歯ならば舌を引き抜くのは容易いだろう。

しんしんと夜が満ちてくる。それは怜と女の周囲に闇の結界を張っていく。音が消え、光が消え、景色が消えた。その代わり、湿った土と死人の臭いが漂い始めた。怜は動けず、女も消えようとはしなかった。目の前に立つ怪異からは、疲れと諦め、悲しみと苦しみ、凍った怒りが立ち上っていた。一心にそれらを感じながらも、怜は女の正体を見極められずにいた。人の霊のようでもあれば、恨み辛みが凝り固まったもののようでもある。激しく呪ってくるわけでもなく、性急に襲いかかってもこない。

能面のような顔で女は言った。

「——是非とも答えをお聞かせください。明日の夜……同じ時間に、私はあなたを訪ねましょう。そして答えを聞かせていただく。答えによっては容赦しません。あなたの舌を頂戴しますよ」

女は怜の肩に手をかけて、静かに顔を近づけてきた。死人の臭いが鼻を衝く。吐く息を凍らせる冷たさは、この体から発せられているのだと怜は思った。深い悲しみ……深い絶望……それを怜は知っている気がした。

瞬きもしない眼は白濁している。透き通るような頬は本当に透き通って見え、皮膚下の血管が透けていた。おそらく腐敗網だろう。心臓が止まると血液は重力に逆らえず、体表に樹枝状の線が出る。それが腐敗網で、死人の証だ。ぼくにキスするつもりかな。この女性はなんなのだろう。

奥にギザギザの歯を持つ唇が自分の唇と重なりそうになったとき、怜は思わず両目を瞑

った。そのまま何秒かが過ぎて、目を開けると路地裏の暗がりに独りぼっちで立ってい
た。気温が戻り、音が戻って、表通りの喧騒が聞こえた。頭上に点る街灯の侘しい明かり
が、電線と庇と室外機に切り取られた灰色の空に、満月のふりをして浮かんでいた。

翌朝。顔の腫れが引くのを待っていられず、怜はミカヅチ班に電話して、先ずは土門に
広目の様子を確認した。無事に逃げ帰れたか心配だったからだが、土門の返事は気が抜け
るようなものだった。

「広目くんですか？　もちろん無事です。それよりそちらはいかがです？　顔の腫れは引
きましたか？」

「大分よくなってきましたけど、痒みが酷くて」

脇から神鈴の声がして、

「痒いからって、搔くと余計に酷くなるわよ。冷やして痒みを抑えるか……」

「神鈴くんに頼んで虫を捕獲してもらったらいかがです？」

顔に濡れタオルを載せて痒みに耐えていた怜は、思わず前のめりになって土門に訊い
た。

「神鈴さんなら治せるってことですか？」

「まあ、たいがいは」

と、土門は答え、直後に怜は身支度を調え、パーカーのフードで顔を隠してミカヅチ班へ出勤した。顔の腫れが引けるまで本庁へ来るなと言われても、女に会ったことは報告しないとならないし、奇妙な謎かけを独りで解けるとも思えなかった。自分がどこにいようとも、夜になれば女はやって来る。そして答えが間違っていれば、舌を引き抜くことだろう。

怜は知らず前のめりに歩き、普段より素早く地下三階へ辿り着いた。IDとパスワードを打ち込んでオフィスへ入ると、広目はいつもと変わらぬ様子でタイプライターを叩いていた。

「安田くん。昨晩はご苦労」

普通の位置に頭を据えて、警視正がねぎらいの言葉をかけてくれながら、ハッとした顔で怜を見つめた。

「念のため、こちらのカメラに顔を写されてはいないでしょうね?」

と、土門も怜に訊きながら、顔を見るなり言葉を呑んだ。

「大丈夫です。っていうか、いかに自衛のためといっても、この顔は酷いですよ。かさぶたもできるんでしょ? ほんとに三日で治るのかなあ」

そんなに酷い顔になっているのかと絶望的な気分でいたが、神鈴がそばへ寄ってきて、フードを脱いだ怜を見ると、吹き出した。

警視正と土門はなにも言わずにこちらを見ている。

「やだ、小宮山さんったら容赦ないわねえーっ」

「極意さんにも同じことを言われましたよ」

仏頂面で怜は言った。

「それで？　彼は教えてくれなかったの？　私に治せると」

「ヤツは悪魔だ。教えるはずがなかろう」

と、タイプライターのキーを叩きながら広目が言った。

「べつに広目さんが教えてくれたってよかったんですよ？　そうすれば……」

「俺に訊いたか？　治し方を」

「そりゃ……訊きませんでしたけど」

広目は「ふん」と、鼻を鳴らした。

「とにかく、いいからここへ座って」

神鈴は怜の椅子を引いてきてくれて、自分も向かい合う椅子に座った。

腕を伸ばして頬に触れ、

「うわあ……熱を持ってるじゃないの。酷い目に遭ったわね」

と、優しく言った。毒舌の神鈴しか知らなかったので、怜は少しキュンとした。

松平神鈴は、ここ警視庁本部が建っている土地にもともとあった豊後杵築藩松平家の末裔で『虫使い』の異名を持つ。彼女たちの一族は代々この土地を護っているのだそうだ。歳は怜よりもひとつ上だが、小学生が好むようなキャラクター付きポシェットを肌身離さず持っていて、中に『虫』と呼ばれるものを溜め込んでいる。一般的な昆虫ではなく、疳の虫とか腹の虫とか言われる虫で、人に憑けたり奪ったりして行動を制御できるらしいが、細かなメカニズムは怜にはよくわからない。

神鈴はそのポシェットを膝に置き、蓋を開けてからこう言った。

「じゃあね、腫れと痒みの虫をこっちに獲るから」

そして怜の頭をグッと摑むと、自分の膝に押しつけた。神鈴の太ももとポシェットの口が眼前に迫って、怜は初めてポシェットの中を覗いた。

わずか二十センチほどの開口部は、内面に黒々とした宇宙が渦巻いていた。星々のようにも埃のようにも雲霞のようにも見える何かが、風のように、波のように、霧のように流れ飛んでいる。

全身を吸い込まれそうだと思ったとたん、神鈴はパチンと開口部を閉じた。

「いいわよ。気分はどう?」

雑な仕草で突き放されて、怜は自分の顔をさすった。痒くもなければ熱くもない。

「治ったみたいね」

と、神鈴は微笑み、

「いいものを獲ったわ。痒みは使い道があるのよね」

さっさと自分のデスクに戻った。一部始終を見守っていた土門と警視正が、

「男前にもどりましたね」

「次からは小宮山さんに、もう少しゆるい薬草を頼みたまえ」

と、口々に言った。これほど簡単に治せるのなら、なぜ三日も休めと言ったのか。赤バッジにしてやられたことを知り、怜は「ひどっ」と、小さく唸った。この班のメンバーは侮れない。ときには妖怪のほうがずっと御しやすく思われる。そのことで怒っていると、

「さて。安田くん」

お地蔵さんのような顔にシリアスな表情を浮かべて土門が言った。気がつけば土門だけでなく、警視正も神鈴も広目までもが、深刻な顔でこちらを見ている。

「……はい」

と怜が返事をすると、土門の代わりに警視正が訊いた。

「顔の腫れが引いたところで訊きたいのだが。きみにハッキリと死相が浮いているのはどういうわけかね?」

「その女は、今夜、同じ時間に安田くんのところへ来ると言ったのですね?」

話を聞き終わると土門が言った。神鈴だけでなく広目までもが作業をやめて怜のほうへ向き直り、熱心に耳を傾けていた。

「そうです。そのとき答えを聞かせろと、答え如何では舌をもらうと言っていました」

「ふうむ……それは一大事だな」

警視正は顔を曇らせ、

「それで女の正体は？　きみは何か感じたのかね」

と、怜に訊いた。

「感じました。主に深い悲しみを」

「悲しみですか……怒りではなく？」

土門が呟く。

「怒りもありましたけど、なんというか……怒り自体は氷に閉じ込められたような感じだったんです。前面に出ていたのが悲しみと……あと……諦めかな……わからないけど」

「悲しみと諦めで男の舌を抜くか？」

と、広目が言った。

「やっぱり閻魔なのかしら。それとも獄卒？　地獄で働く下級の鬼とか」

「先日広目さんが言ったとおり、正体は鬼なのかもしれません。自分が鬼だからこそ、本当の鬼はどっちなのかと訊いたんじゃないかな……ちょっとそんな気がするんですけど」

「軽そうに話しているけど、安田くん、場合によっては今夜までの命ってことよね」

神鈴の言うとおりなのは怜も承知しているが、どうすればいいかわからないのだ。

「新入りが言うように敵が鬼なら、鬼の名前を知らねばならぬ。ところがそいつが来るのは今夜だ。それほど短時間で名前を暴くことは困難。言っておくが、鬼を豆で祓えると思うのは間違いだぞ」

広目はそう言って腕組みすると、考えるように俯いた。言葉尻を捉えて土門が話す。

「節分の豆まきは鬼を撃退するものではないですからね。知っている人は少ないですが、あれはもともと鬼の性質を利用した呪です。鬼はその性質からして、豆などの細かいものを撒かれると数を知らずにいられない。よって豆を撒いたあと、鬼が数えている間に逃げろというわけですが、奴らは瞬時に移動するので、まあ、一種の気休めですか」

呑気そうにニコニコしている。

「みんな普通に話しているけど、正解を見つけなかったら、安田くんは舌を抜かれてしまうのよ」

今さらながらゾッとする。死ぬこと自体はさほど怖くないとしても、舌をゾロゾロ抜かれるなんてまっぴらだ。それならいっそと警視正を見て、それも不謹慎だと自省した。首斬りのほうが楽だとか、そういう問題でもないだろう。怜は訊いた。

「鬼も悪魔と同様に、名前を当てられると去るんですか？」

「そういうことになっていますね」

と、土門が言った。

「悪魔の場合、これは単体ではなく軍団ですから、どんな祈りも神の言葉も軍団の数に紛れて薄まって、ダイレクトには響かない。よって単体の名前を知って、その相手にのみ言葉を伝える。すると神の意向がグサリと刺さって効果を発する。と、いうことだと理解しています。鬼も悪魔も変幻自在で、人や死体に取り憑いて人と接触することを好みますし、名前を知られることを嫌うという点は似ていますがね、来るのが今夜では……」

「鬼の名前かぁ……」

怜は頭を抱えてしまった。

「むかし話にもあったでしょ？　東北の伝承で『大工と鬼六』って知らない？　大雨のたびに流れてしまう橋を架けるため、大工が鬼と契約するのよ。鬼は大工の目玉と引き換えに流れない橋を造ろうという。大工は承諾するけれど、あっという間に橋ができたのを見て恐れおののく。すると鬼は笑って言うのよ、俺の名前を当てることができたら許してやろうと」

「ぼくはむかし話を知らないんです。そういう人生を送ってこなかったから……でも、それで大工はどうなったんですか？」

神鈴ではなく広目が答えた。

「途方に暮れてさまよううちに、大工は鬼の子供が唄っている声を聞くのさ。『鬼の鬼六、早く目玉を持ってこい』というような……大工はまんまと名前を当てて、鬼は去る。名前とはつまり呪だ。名を知られることは正体を知られること。鬼は人間ごときにそれを知られたことを恥じて去るのだろう」

「鬼の発現は死者の魂と言われます。この世に強い怨みを持ったり、執着や嫉妬や未練を残した者どもが、死んでもあの世へ行くことなく、この世に残って鬼になる。その正体を知られることは、自身の内面を暴かれることに等しいわけです。鬼の本質には恥がある。浅ましい、見苦しい、醜くておぞましいとわかっていながら、それに囚われ続けているわけですからね、鬼は恥じ入る性とも言えます」

広目と土門の言葉を聞いて、怜には思うところがあった。あの女もそれかもしれない。人の霊のようでもあり、恨み辛みが凝り固まったもののようでもあった。激しく呪ってくるわけでもなく、ダイレクトに舌を狙ってきもしない。何重ものベールで自分を隠し、けれど人を襲わずにはいられない。それが鬼というものならば、鬼に成り下がった己の姿を認識させてあげれば恥じて去るということか。そのひとつが名前を呼ぶこと。名前は誕生の証で最初の呪だから、彼女が鬼になる前の名前を当てれば、生きざまや死にざまを恥じるのか。けれど名前はどうして探る？　手がかりは何もないのに。

「つまり、こういうことですね？　昨夜の女性の生前の姓名を当てることができれば、彼女は恥じて消え去ると」

「そうですが、それには時間が足りません」

土門は唸り、

「そんな単純な話かしらね？　それで彼女が去ったとしても、謎かけの答えを出さないことには、安田くんにかかった呪いは解けないと思うわ」

「確かにな──」

と、広目も言った。

「──女は舌をもらうと言った。新人はそれを承諾した」

「承諾なんかしていません」

「拒否したか？」

「だって、すぐに消えちゃったから」

広目は唇を歪めて笑った。

「だろうな。死相の浮いた顔でなにを言おうと説得力は皆無だ。いいか？　おまえが拒否しなかった時点で、呪いはめでたく成立したのだ。女が姿を消したとしても、呪いは生き続け、少しずつおまえの舌を抜くだろう」

「イヤですよ！　引っこ抜かれるのもイヤだけど、少しずつ抜けていくなんて、そんなの絶対イヤですよ」

「仕方がない」

重々しい声で警視正は言い、くるんと首を回して土門に命じた。

「土門班長。緊急事態につき、『あれ』を使うぞ」

土門は訊いた。

「よろしいのですか」

「仕方あるまい」

そして警視正は怜に命じた。

「安田くん。すぐに三婆ズを呼んできたまえ」

自分の命がかかっているのだ。怜は長い廊下を駆けて、本庁のどこかでトイレ掃除をしている三婆ズを探しに向かった。

其の三　石の吸い物

わずかあと。

ミカヅチ班のオフィスでは、三婆ズを交えた全員が会議用テーブルに着いていた。『歌舞伎町ラブホテル連続舌抜き事件』の捜査本部に張り付いている赤バッジだけが来ていない。彼はもともと捜査一課の連絡係で、その規模は定かでないが、怜が知るところによれば、所轄や出先機関など警察庁が管轄するあらゆる場所に異能処理班の連絡係が配属されているということだった。赤バッジは仕事でヘマをして連絡係を拝命したという話も聞いた。この班については、怜も知らないことがまだまだあるのだ。

会議室のテーブルには、小洒落た冷酒グラスが三つと純米大吟醸を冠した日本酒が一本、極寒の大地から採取したかのように結晶の美しい大粒の塩が、口広の盃（さかずき）にひとつまみほど盛られていた。

三婆ズはいつも通りに清掃作業員の制服姿で、並んでテーブルに着いている。土門班長が脇に立ち、清酒の封を解いて冷酒グラスに酒を注ぐと、酒の冷気でグラスの表面が薄く曇って、高貴な香りが漂った。神鈴がそれを婆たちの前に出す。

「こちらは山口県の老舗酒造が造った純米大吟醸です。名前に『美人』がついておりますのでね、お三方にはピッタリのお酒かと――」

うやうやしい調子で土門が言った。

「――実は緊急事態が起きまして、お菓子を買いに行くヒマがなかったものですから」

「私が所蔵していた酒だ……こういう姿になる前にね。幽霊になってからは、いつか香りを楽しもうと考えて、飲まずに保管していたのだよ」

「純米大吟醸ですってよ。どうりでいい香りよねえ」

うっとりしながらリウさんが言う。

「こんな高え酒はさ……開けちゃっていいのかい？　土門さんは飲んでみたの？」

「いえ。貴重なお酒で、これ一本しかないものですから」

「そうなの。そりゃ悪いね」

と、言いながら、千さんは早速グラスを傾けた。仕事中だから酒は飲めないなどと断る者は一人もいなかった。いつだったか婆さん三人と食事をしたとき、ビールが何本も空いたことを思い出す。

「ひゃあー……たまげた！　野の花が胸に咲くようだねえ」

「そうぉ？　わたくしもいただこうかしら」

リウさんはグラスに鼻を近づけて匂いを嗅ぐと、しとやかに口に含んで静かに飲んだ。

「あらあーっ、おいしいわーっ。三年は若返りそう」

「それ以上若返らんでいいよ」

と、冗談を言う小宮山さんは、塩をつまんで舐めながら土門におかわりを促している。

「こういうお酒はね、小宮山さん。もっとよく味わって飲むものよ。ガバガバ飲んだら勿体ないでしょ」

「知ってるよ」

小宮山さんは土門からビンをひったくって勝手に注ぎ、

「早くしないじゃ、リウさんに全部飲まれちゃうからさ。それにしてもいいお酒だよ」

「あら、失礼ねえ」

「酒は百薬の長ってね。ちょっと、こっちにも回してちょうだい」

怜は広目にこっそり訊いた。

「……勤務中に飲酒とか……」

広目は顔色ひとつ変えずに言った。

「三婆ズに常識が通用するとは思わぬことだ」

警視正はいじましく酒の香りを嗅いでいる。もっとも幽霊ならばそれで満足できるようで、しばらくすると警視正はずいぶん顔色がよくなってきた。

幽霊にも顔色があることを、怜はこのとき初めて知った。土門と神鈴は辛抱強く彼女らを見守り、ようやくビンが空になったとき、ほんのりと頰を赤らめたリウさんが言った。

「あれよね？　歌舞伎町で起きた殺人事件のことでしょ」

「ご存じでしたか」

土門が言うと小宮山さんが、

「お掃除ババアは地獄耳だからな。往年の二枚目俳優、猪戸三郎が女コマそうとして殺された話は知ってるよ。舌を抜かれてたんだって？　自業自得だ」

「いやあねえ小宮山さんったら、コマそうだなんてお下品な」

「お下品なのはおれじゃねえ。よってたかって女の操を奪おうって奴らのほうだ」

「小宮山さんは怒ってるんだよ。ま、あたしも怒っているけどさ、芸能界のそういう話はよく聞くけども、うぶなお嬢さんたちを食い物にするって、どうなんだろうね」

「それで？　なにが訊きたいの？」

リウさんはレースのハンカチで口元を拭うと、グラスを脇へ寄せてから、テーブルの上で指を組んだ。自分の口から話すようにと警視正が怜を見たので、怜は昨夜の顚末を婆さんたちに話して聞かせた。

「まあ、処理の仕方としちゃあ、よかったんじゃねえの」

と、小宮山さんが言い、

「だけど不思議なことよねえ」

と、リウさんも言った。

「化生が人を襲うって、世の中が平和になってからは、ほとんどなかったことなのよ。震災や戦争や天変地異が起きたときには、どさくさに紛れてそういうものが跋扈することはあるんだけど、歌舞伎町でしょ？」

「あそこは人が百鬼夜行のようなものでねえ、歌舞伎町にバケモノの出る幕なんかなかったんだよ」

「たしかにな。舌を抜くなら閻魔じゃねえの？」

「私たちも最初はそう思って調べてみたんだけど、十王が起こした怪異だとすると説明がつかない気がするのよね」

「十王がいるのは中陰で、この世ではないですからねえ。わざわざこっちまで来て人を裁くのは理(ことわり)を侵すことですし」

「たしかにそうだわねえ」

と、リウさんは言い、ほかの婆たちも頷いた。

「じゃあ、なにかい？　本物の鬼はどっちかって謎かけの答えを出さないじゃ、怜くんはベロを抜かれちまうってことかい」

「ベロがなかったら大変よ？　キスするときに困るわよ」

「そこじゃあねえよ」

小宮山さんはリウさんを睨んだ。千さんが言う。

「まあさ、どっちにしても、その女はこの世のものじゃないってことだね。だけど相手が鬼か怨霊か物の怪か、判断がつかないってのが困るね」

「わたくしたちでも、それを見分けないと向き合うことができないわ」

「まあ、あれだ。色々難しく考えるとあれだけど……要はさ、相手が鬼か、そうでないかわかればいいんだろ？」

小宮山さんが顔を上げ、怜に訊いた。

「鬼はどっちか答えりゃいいなら、女が鬼か、バケモノか、それを見破りゃいいんだよな?」

「そんな単純な問題なのかな――」

怜は首を傾げて考えている。

「――あの女の人はもっと、こう……深い意味で訊ねたような気がします」

「深いって、どう深いの」

千さんが訊く。

「どちらが鬼かという問いかけには、『私を輪姦しようとした男どもか、それから身を守った私自身か』という前振りがついていました」

「それで言うなら男が鬼よね。わたくしならば、そう答えるわ」

「それでベロを抜かれてな」

小宮山さんはクックと笑った。

「いやさ、ごめん。怜くんにしたら笑い事じゃねえよなあ」

するとリウさんが土門に視線を移して言った。

「土門さん。鬼かどうかを見分けるための方法が、あったかもしれないわ」

「それはなんです」

土門は身を乗り出した。もちろん怜も顔を上げてリウさんを見た。

「思い出したんだけど、節分について、こんな話を聞いたことがあるの。土門さんも知ってると思うわ。九鬼家の話よ」

「九鬼家といいますと、かつて北八丁堀に一万九千五百石の屋敷を構えていた九鬼大隅守のことですか」

「それなら私も知ってるわ」

と、神鈴も言った。

「名字に鬼が入っているから、九鬼家では節分に柊や鰯の頭を飾ったりしないし、『鬼はうち、福はうち』と言いながら豆を打つっていうんでしょ？」

「我が国の鬼はもともと死者の魂ですから。鬼を敬う習わしを持つ家もありますし、鬼を祀った神社もあります。『鬼はうち、福はうち』と唱える家も相当数はあるということですが」

リウさんは土門のほうへ身を乗り出した。

「わたくしが言いたいのはそこじゃないのよ。九鬼家では、豆まきのあとに当主が鬼と盃事を行う習わしがあって、そこではね、石の吸い物を出すのですって。代々そうしてきたらしいけど、理由は伝わっていないというわ。この話、聞いたことない？」

土門はハッと顔を上げ、ニコリと笑ってこう言った。

「なるほど、これぞ秘中の秘策。安田くん、勝ち目が見えてきましたよ」

時刻は間もなく深夜零時を回ろうとしている。

警視正が三婆ズに虎の子の酒を振る舞ってアイデアを募った日の夜である。警視庁異能処理班ミカヅチの部屋には、警視正、土門、広目に神鈴、そして怜が揃っていた。

土門が秘中の秘策と宣ったあと、三婆ズを含めた怜らは件の女を迎える準備にてんやわんやの大わらわになった。すべての準備が整ったのがわずか十数分前。いま、怜は部屋の中央に敷かれた緋毛氈に座して、その時が来るのを待っていた。

時が来る……その時が来るぞ……

『その時』を待つ何者かが呟いたフレーズが、記憶の底から蘇る。あれはどこで聞いたのか。誰の呟きだったのか。定かに思い出すことはできなかったが、まさに自分もいま、そのときを待っているのだと怜は思った。

あのあと土門の指図で三婆ズは警視庁を出て、夕方に千さんが代表で支度の品を届けに来た。目立たないようお掃除用カートに入れて運んできたのは、黒漆塗りの宗和膳が二客、黒漆塗りの八十椀が二式、盃に徳利、膳に盛り付ける料理一式だった。

千さんは荷物を届けると帰ってしまい、神鈴がテーブルに椀を並べて盛り付けの準備をした。料理に腕を振るったのは小宮山さんで、リウさんは石の吸い物を担当してくれたのだという。昆布と宗田節で出汁を取り、椀に入れる石を拾いにどこかへ出かけ、拾ってきた小石を丁寧に磨いて持たせてくれた、というのが千さんから聞いた話だ。

小宮山さんが折り箱に詰めてくれた料理を盛り付けるのは土門の役で、尾頭付きの生魚、洗っただけの葉付き人参、餅や牛蒡の漬物などをそれぞれの椀に美しく盛り付けたあと、リウさんの磨いた小石を汁椀に並べ、半透明の汁を注いで蓋をした。徳利には甘酒を入れ、それぞれの膳に盃や椀を丁寧に並べると、女をもてなす膳が整った。その間に怜はシャワー室で冷水を浴びて禊を済ませ、神鈴が用意した白装束を着せられた。

「白装束は旅の衣装よ。もとは宗教家たちが修行に出るときに用いた衣装で、自分自身に嘘偽りや穢れがないことを示すもの」

着物の前を合わせながら神鈴が言った。こんなときでも肩にポシェットを掛けている。戦いに向けて奮い立つ虫がいるなら自分に憑けてほしいと思ったが、神鈴は頼みを聞こうとしない。

「姑息な手段に頼っていると、足下を見られて死ぬわよ、安田くん」

と、きつい顔をして神鈴は言った。

「相手がなんであってもね、騙そうとか、誤魔化そうとかしちゃダメよ。真摯に向き合うことでしか乗り越えられないことがあるんだから」

「正直に対峙する気持ちがあると、先ずは相手に示すんですね？」

「そのための白装束よ。対面の席を準備したのも、相手を敬う気持ちを示すため。そこが何より重要なのよ。バケモノバケモノと言うけれど、人がバケモノより勝っていると考えるのは傲慢よ。物事は見る角度によって違うんだから」

背中のほうから帯を回され、腰骨の上で結べと言われた。

「安田くんは素直すぎるくらい素直だからあまり心配してないけれど、いざというときにも私たちの助けを期待しちゃダメだからね。自分でなんとかする覚悟をなさい」

「……そう言われるんじゃないかと思ってました。ここはただの処理班ですもんね」

「そうよ？　だけど死体の処理は得意だから、そっちは任せて」

真面目な声で言ってから、神鈴は怜の正面に来て、ニッコリ笑った。

「なーんて、それは冗談だけど……冗談じゃなく……」

そして怜に真剣な眼差しを向けた。

「私たちはスーパーマンでもなんでもないの。異能があるというだけで、みんなただの人間よ。極意さんは時々スーパーな力を発揮するけど、それだって大変な犠牲を払ってやっていることだから……自分の命は自分で守る、真剣な問いには真剣に答える。いつだってこれが基本よ。わかったわね？」

頷いてはみたけれど、舌に噛みつかれたらアウトだろうなと怜は思う。

土門は彼女が鬼か否かを見破ってみせると言っていたけど、どうやってそれをするのか教えてくれない。曰く、鬼は人の心を読むのも得意だからと。

何よりも、怜は未だ謎かけの答えを導き出せていなかった。どう答えるのが正解なのか、はたして正解があるのかすらわからない。もしも正体を見極められて、鬼はおまえだと言えたとしても、それでは謎かけのもうひとつの部分、殺害された男たちの心に鬼が棲んでいたかどうかの答えにはならない。彼女は何を問うたのか。なぜ、ぼくにそれを問うたのか、怜は皆目見当がつかずに悩んでいた。

人と違って怪異のものは、決して約束を破らない。それだけは救いだけれど、本当の答えを得なければ、どこへ逃げても彼女はぼくを追ってくる。どうせ逃げられないのなら、神鈴さんの言うように心を尽くして真っ向からぶち当たってみるほかはない。

怜は帯を両手で握り、呼吸を止めてきつく結んだ。

衣装部屋を出ると、女を迎える準備はほぼ済んでいた。

すべてのデスクを片隅に寄せ、広い空間となった室内は、入口から謎の鉄扉の前を通って入口まで、コの字形に注連縄(しめなわ)が張り巡らされ、注連縄の下方が漆黒の幕で覆われていた。照明はすべて消されて幕の四隅(よすみ)に燭台(しょくだい)が置かれ、細長い和ロウソクがゆらゆらと炎を上げている。燭台のあいだに緋毛氈が敷き詰められて、二客の膳が用意されている。鉄扉を背にした位置が怜の席で、下座に女が座るのだという。

問いかけの客を迎える場合は応じる者が上座になるのが筋と、これは警視正の言葉であった。上座席にだけは体をもたせかける脇息(きょうそく)が用意されているのだが、これにちゃっかりと警視正の髑髏（どくろ）が載せられて、特等席で成り行きを見守る工夫がされていた。

「私たちは結界の中に入れないから、警視正がそばにいてあげるんですって」

一緒に衣装部屋を出てきた神鈴が、苦笑しながら教えてくれた。

「なあに、バケモノは骨を見慣れているし、なんならボールのように蹴って遊んだりもする。私の髑髏が転がっていようと気にも留めんよ。だが、安田くんは心強かろう」

だからといって幽霊にできることはほとんどないのもまた事実。

「はい。ありがとうございます」

それでも怜は礼を言う。室内に結界を張ってくれたのは広目だが、彼は小首を傾げると、

「死人の臭いがしてきたぞ……そろそろ来るに違いない」

と、静かに言った。怜のほうへ顔を向け、目を見開いて忠告する。

「恐れおののいて惑うなよ？　最後の最後にものをいうのは、おまえという人間の本質でしかないのだからな」

もしかして、励（はげ）ましてくれているのかな。水晶の眼底がロウソクの炎を照り返し、無限の奥行きがあるようだ。怜は広目の眼を見返して、自分自身にこう言った。

「わかりました。ありがとうございます」

「さあ、では、私たちは幕の後ろに隠れるとしましょうか」

土門は仲間たちを追い立ててから、

「安田くん、頼みましたよ」

そう言って漆黒の幕の裏へと姿を消した。

ジジ……ジジジ……と音がする。

それは和ロウソクが油を吸い上げ、灯心を燃やしている音だ。櫨の実の油が微かに香り、膳に載せられた八十椀の漆が、べかりと鈍く光っている。

怜は深く息を吸い、心の中で何かに祈った。神や仏を信じたことはないけれど、祈るべきなにかを見失ったこともない。祈りは常に心にあって、特にこうした瞬間は同じ祈りを繰り返す。逃げずに答えを出せますように。裏切ることなく向き合うための力をぼくに与えてくださいと。

ひとつ、ふたつ、みっつ呼吸をしたあとに、怜は上座へ向かって、そこに座った。警視正の髑髏を脇に置き、正座して膝に拳を載せると、背筋を伸ばして正面を見る。そこにあるのは客用の膳で、さらに奥には入口のドアがあり、ロウソクの明かりで鉄枠の影がゆらりゆらりと揺らめいている。パスワードとIDを持たない者がそこから入ってくることはないけれど、今夜の相手は人ではないから、どこかから湧いて出るのだろう。

ジジジ……ジジ……と、ロウソクが鳴る。

怜は広目が死人の眼球を使って見た光景を静かに思い返していた。昨晩目の前に現れた女の顔も、その眼も、臭いも思い出す。あのとき感じた悲しみも、諦めも、凍った怒りも、何もかも。そうか、ああやって人は鬼になるのか。それとも殺された男らのように、生きながら鬼を宿した輩もやはり鬼なのだろうか。

頭の中でリウさんが言う。

それで言うなら男が鬼よね。わたくしならば、そう答えるわ。

小宮山さんが脇から笑った。

それでベロを抜かれてな。

ふうーっとロウソクの炎が揺れる。風もないのに真横になるほど激しく揺れて、フッと立ち上がったかと思ったら、次には鬼灯のように膨らんで音も立てずに光り始めた。言えなかった……黙っていた……と、頭のどこかで声がする。怜は自分の吐く息が、白く凍っているのに気が付いた。皮膚の表がチリチリ痛み、脇で警視正の髑髏が溜息を吐く。背後の鉄扉がチチチと唸り、室内は一層暗くなった気がした。

「ごめんください」

か細い女の声がして、気がつくと、入口に件の女が立っていた。俯く額で前髪が割れ、真っ白な顔がおぼろに見える。女は細く、背が高く、薄紅の清楚なワンピースを着ている。靴はなく裸足で、脛に青白く血管が透けていた。

怖気が床を這ってくる。同じ空間にいるだけで恐怖に駆られて叫びたくなる。これは女のなりをしているが、女とはまったく別のもの。なのに殺された三人は、どうしてこれをホテルに連れ込もうなどと思ったのだろうか。彼らの色欲は異常だったんだ。かたちしか見ていない。欲望しか考えられない。女の姿をしているものなら、なんであれ陵辱したくてたまらない。そうなら鬼は男たちのほうだ。

「お待ちしておりました」

と、怜は言って、女が座るべき席を片手で指した。

女はすっと会釈して、真っ直ぐ緋毛氈を渡ってくる。三方に張り巡らされた結界の外は見えていないに違いない。女が歩くたび、体は奇妙な傾き方をする。彼女が体の前に重ねた手には腐敗網が浮いている。ハラリ、ハラリと髪が抜け、筋を引いて緋毛氈の上に散らばっていく。俯いた顔は真っ白で、唇だけが異様に赤い。両目は薄く開いたままで瞬きもせず、黒目はさらに白濁して、もはや水色になっていた。濡れた土の臭いをさせて、女は自分の席に着く。怜はそっと息を吸い、酒の徳利を差し出した。

「先ずは一献いかがです」

「頂戴します」

女は言って、盃を手に持ち、怜のほうへ差し出しながらニタリと笑った。その口元にはギザギザの歯が、上下とも四列になって並んでいる。ぼくを殺す気満々なんだと怜は思い、いっそ肝が据わった気がした。

自分はただの人間で、見えるほかには特技もないけど、無様に死ぬのはまっぴらだ。だから、せめて、絶対に、怖がってなどやるものか。怜は自分の杯にもなみなみと酒を注ぐと、クイッと盃を傾けて、一息で中身を飲み干した。たかが甘酒と思っていたのにアルコールが喉を焼き、カーッと全身に血の気が巡った。ままよと身を乗り出すと警視正の髑髏に肘を載せ、盃で膳を指しながら女に言った。

「さあ、どうぞ。心づくしの料理を用意したのです。お口に合うといいのですが」

女は盃を膳に戻すと、無言で箸を取った。その指の動きを見ているうちに、怜は気付いたことがある。右手と左手は別人のものだ。それが証拠に手の有り様がまったく違う。そう思ってよく見ると、左右の耳も、鼻も唇も、目も首も、別々のものを組み合わせていることがわかった。これは実体を持たない何かで、死人から盗んだものを寄せ集め、女の姿を成しているのだ。だから歩くたび体が傾く。触れれば髪も抜けるのだろう。服の下には何があるのか、男たちは、それを見ずに死んで幸せだったのかもしれない。

考えていると女がじーっとこちらを見たので、怜は汁椀のフタを開け、石の吸い物を静かに啜った。入っているのは三粒の黒い石と二粒の白い小石だ。すべてきれいに磨かれているが、石なので食べることはできない。それなのに、女は怜に倣って椀を手にするや、石をさりさりとかみ砕き、あっという間に空にした。それを見た瞬間、怜は言った。

「謎かけの答えを申し上げます」

女は面を上げて怜を見た。能面のようなその顔は、整っているだけに不気味であった。それらが死人の寄せ集めであることを知った今は、余計気味悪く思われる。

片手に椀を、片手に箸を持った女は、答えを聞くまでもなくおまえの舌は私のものだという顔でニタリと笑った。答えるがいい。その刹那(せつな)、おまえの舌をいただくぞ。そういう声が聞こえてきそうだ。

怜は居住まいを正して椀を置き、膳に箸を戻して女を見つめた。深く息を吸い込むと、白濁した死人の眼を真っ正面から見据えて言った。

「どちらが本当の鬼かとあなたは訊いた。自分を輪姦しようとした男どもか、それとも、我が身を守った私なのかと。お答えしましょう。本当の鬼はあなたのほうです。人間の女は石を食べることができません。女のなりをしていても、あなたは女であり得ない。あなたは男の舌を嚙み、引き抜いて、吐き捨てる。その理由もわかりました。舌を嚙むのはあなたをかたちづくっている怨念のゆえですね。かつて大久保と呼ばれた土地では、不幸に耐えて辛酸を舐め、陵辱されて、虐げられて、そうして死んだ女たちがたくさんいました。辱めを受けて、口止めされて、誰にも言えずに黙っていることを強いられた。彼女たちはそうやって、悲しみと諦めの中で死んでいったのです。彼女たちは舌がないも同然だった。だから男の舌を嚙む。自分たちの無念を知ってほしくて、同じ思いをさせようとして」

ずいっと身を乗り出して、怜は目の前にいる女を睨んだ。

すべてに気付いた今となっては、胸の奥で沸々と怒りの炎が燃えていた。

「だから鬼はあなたです。あなたは彼女たちの無念を笠に着て、浅ましくも男の性を貪り喰った。彼らの舌を引き抜いたとき、あなたは自分の身を守ったわけではなくて、女たちの悲しみを己の食い物にしたのです。鬼はあなただ。あなたが鬼です」

怜の声は部屋の隅々にまで響き渡り、女が纏った偽りの肉を破壊した。女は表皮が剝けて腐りはじめた肉が見え、肉が溶けると骨が見え、骨すらも継ぎ目のあたりがずるりと外れ、緋毛氈の上にこぼれて落ちた。人の外見が外れてしまうと、中にいたのは真っ黒な何かで、それは突然大声を上げて飛び上がり、天井に張り付いて泣き出した。

「恥ずかしや……我が本性を見抜かれるとは」

鬼は叫んで黒雲のような渦となり、そのとき、結界の注連縄がブツッと切れた。幕も幕張り台も床に倒れて、奥から赤い落書きがされた鉄の扉が露わになると、鬼の黒雲は宙を舞い、ミカヅチ班が護る鉄の扉に吸い込まれて消えた。扉は凄まじく輝いて、ぐにゃりと奇妙なかたちに曲がり、曲がったと思ったら、すぐに戻った。

あとには強風に吹き飛ばされたような宴の席と、皺だらけになった緋毛氈、それでも消えることなく燃え続けているロウソクと、壁際に呆然と佇む土門や神鈴や広目がいた。

警視正の生首だけは怜の膝のあたりにあって、脇息の上から溜息交じりに呟いた。

「いやはや……やはり鬼だったとは……」

怜はまだ動けずにいた。鬼が起こした一陣の風と、世界の境界が曖昧になってしまったような感覚と、慟哭する鬼の声、そして……彼は鉄の扉に目をやった。

あれが歪んで、鬼を吸い込むのを見たような気がする。

扉の落書きも変化している。女を部屋に迎え入れるまでは魔女が使う記号のようなものが描かれていたのに、今は梵字のようなものに変わった。扉は扉のままだけど、さっきは一瞬だけグニャリと曲がった。鬼はいない。鬼はどこへ消えたんだ？　扉が吸い込んだように見えたけど、え？　どうして？　なにが起きた？

「ビックリしたぁ」

神鈴は自分の心臓を押さえ、

「まさか結界が破られるとは」

広目は眉間に縦皺を刻んだ。

「でもまあ、部屋が散らかったぐらいで済んでよかったですよ。安田くん、大丈夫ですか？」

土門がそう言って近づいてくる。

「大丈夫です。大丈夫」

「本当に大丈夫かね？　顔をこちらへ向けたまえ」

脇息の上から警視正が言うので、怜は顔を警視正のほうへと向けた。警視正は脇息の上でニコリと笑い、

「よおし。死相が消えている。よくぞ鬼を見破った、よくぞ女たちの無念を代弁したな」

首だけのくせにそう言った。

顔も名前も知らぬ父親に褒めてもらったような気がする。胸のあたりが熱くなり、怜は無性に泣きたくなったが、今は喜ぶところだと思うので我慢した。仲間に心配をかけないように立ち上がろうとして、カクンと腰が砕けて尻餅をつき、危うく漆塗りの膳を壊しそうになった。土門が走ってきて訊いた。

「どうしましたか」

そして怜の盃に目をやった。盃には甘酒を飲んだ跡が残されている。

「あれ、安田くん。まさか甘酒を飲んだんじゃないでしょうね」

「飲みました。盃に注いで一気に一杯」

「ふん……愚か者めが」

広目は笑い、怜の傍ら(かたわ)に跪い(ひざまず)てから、盃を拾って囁いた。

「おまえは何度忠告すればわかるのだ？　三婆ズが用意したものは、不用意に口にするべきではない」

「え、だってこれ、ただの甘酒だったんじゃ？」

土門は困った顔をしている。

「甘酒に見えますし、甘酒だと思っていましたが……中身は私も知りません。準備をお願いしただけなので」

「さしずめウォッカか焼酎か……エタノールやメタノールの可能性もあるか」

盃に鼻を近づけて広目が言った。

「それって、工業用アルコールじゃないんですか」

怜は慌てて自分の顔をまさぐった。また腫れているのではないかと思ったからだが、顔は腫れていなかった。その代わり、一升酒を飲んだ勢いで酔いが回って腰が立たず、目の前がぐらんぐらんと揺れてきた。神鈴が水を汲んできてくれたので飲んだけど、バケツ一杯くらいは飲まないと、アルコールを中和できそうになかった。

「安田くん、どう？　目が痛くない？」

「目は大丈夫ですけど、景色が揺れて」

「痛くないかと訊いているのだ」

「痛くはないです」

神鈴と広目は顔を見合わせて頷いた。

「ならよかった。メチルアルコールじゃないみたい。メチルアルコールを飲むと失明しちゃうこともあるから」

ええ……？　と、怜は言ったつもりが、そこから先は意識がなかった。誰かに支えられた気もするが、あとは夢と現実がない交ぜになって、警視正の髑髏を抱いて鉄の扉の奥へ冒険に出かける夢を見た。扉の内部はブラックホールのようで、神鈴のポシェットの中に似ていた。そこに赤バッジが立っていて、

「鬼と悪魔の違いはわかったのか？」

と訊いてくる。

怜は警視正の髑髏を撫でながら自分流の解釈を披露したのだが、それがどんな解釈なのかはまったく理解できていなかった。ただひとつ、歌舞伎町ではもう誰も舌を抜かれないだろうということだけは確信があった。

鬼はもう二度と、女たちの悲しみや諦めを食い物にしないだろう。そもそも彼女たちは死んでいて、苦しむ必要などなくなったのだ。死んでしまった瞬間に彼女たちの魂は自由になった。ようやく自由になれたのだから、今度は誰にも邪魔されず、心任せに転生すればいい。夢の中で怜は言った。

「植物になったんですよ。彼女たちは人間をやめて植物に生まれ変わったんです。抜かれても、切られても、枯らされてしまったとしても、ひっそりと種を飛ばしてどこかで芽を出す植物に。生き物を養い人を癒やして、静かに、でもしたたかに生きる、花や木になったんです」

両腕を振り回して一生懸命に説明すると、ブラックホールの真ん中で、赤バッジが、

「バカめ」

と、笑った。それがいつの間にか広目に変わって、今度は、

「愚か者め」

と、苦笑した。

二人だって似たようなものじゃないですか。

怜はそう反論し、この反論はけっこういいなと自分で思った。そうだ、いつか二人に言ってやろう。あなたたちだってぼくを心配してくれていたくせに、知っているんですよ、そうなんでしょう？

首をくるくる回しながら警視正が「あっぱれ」と言う。土門は赤い前掛けをして、輪のついた錫杖(しゃくじょう)を持っている。神鈴がお茶を運んできて、三婆ズがこう言った。

鬼の甘酒を飲んだんですってねぇ？

ありゃあ、たまげた。

怜くんは大丈夫だったかい？　次は白酒飲んでみるかい？

ぐへへへ……ぎゃははは……

エピローグ

歌舞伎町の安いホテルで、芸能界の大御所俳優と若手のイケメン俳優と、札付きディレクターが惨殺されたという事件は二週間程度メディアやプレスを騒がせていたが、どんな死に方をしたかについては報道されず、ADやホテルのフロント係の口から漏れることもなかった。二人は凄惨な現場を目にしたが、あまりに出血が多かったために、被害者らのどこに傷があり、どんな状態だったのかまで理解することはできなかったのだ。

マスコミは事件の背景を独自に探り、彼らが犯した罪を暴き出して書き立てた。あらゆる情報がつまびらかにされ、世間が食傷気味になったころ、事件の話題は煙のように消え、次第に忘れ去られていった。

関東が梅雨入りし、滅入るような天気の日々が続いても、地下三階にあるミカヅチ班のオフィスは相変わらずで、怜らは鬼が起こした舌抜き事件の報告書をまとめる作業に忙しかった。四谷署に立った二つの舌抜き事件の捜査本部もひと月程度で縮小されて、そうなれば赤バッジも本庁に戻ってくるという。

そんな話を土門がしていた日の午後に、赤バッジがフラリと現れた。珍しくも菓子折りを抱えていて、それを会議用のテーブルに載せ、怜にお茶を淹れろと命令した。

「極意さんの差し入れって、珍しいわね、何を持ってきたの？」

神鈴が訊いてもニヤニヤしていたが、怜がお茶を運んでくると勝手に包みを開けながら、

「井の頭弁財天で浴酒供のときに供える菓子だとさ」

それは手のひらに載るほど小さな練り物の揚げ菓子だった。巾着のように閉じた口の四隅を花びらのようなかたちに巻いて、中に漉し餡が入っているのだという。

「弁財天の供饌ですね。弁財天が持つ琵琶のかたちに似ています」

「なんだか、ちいさい巾着みたいですね」

会議用のテーブルに各々のお茶を置きながら怜は言った。警視正と広目もやって来る。赤バッジは誰もいない席に菓子を置き、怜が自分のために淹れてきたお茶を隣に置くと、一同を振り返ってこう言った。

「舌抜き事件の捜査本部は、間もなく規模が縮小する。最初の犯行現場から消えた犯人と、二度目の犯行現場から消えた死体、つまり俺と、その連れ——」

怜にニヤリと笑いかけ、

「——については、たいした情報が集まっていない。だが、被害者三名については、掘れば掘るほど生前の悪事が露呈している。まさかこれが舌抜き事件の本当の狙いだったとも思えんが……」

菓子とお茶に手を添えて丁寧に並べると、少しだけ優しい目をして先を続けた。

「新入りが鬼の正体を暴いたあとで、俺も少し調べてみたんだ。歌舞伎町あたりは大久保と呼ばれた窪地で、ここの連中は知っていると思うが、湿地帯になっていたので鴨場があったらしい。その鴨場が埋め立てられたあとにできたのが芸能や娯楽の小屋で、見世物小屋、芝居小屋、茶屋にまあ色々……大いに栄えて歓楽街になり、今に至るというわけだ」

「そこで暮らした女たちの悲しみと悔しさと諦めを、安田くんが見抜いたというわけでしたねえ。今回は」

怜は何も言わずに、赤バッジが菓子を買ってきた理由を考えていた。土門は続ける。

「たしかに弁財天は芸事と富の神。そして水の神でもあります。歌舞伎町にも弁財天は祀られていまして、今も信仰を集めていますよ。大久保の芸能娯楽小屋に生きた女たちの情念は、弁財天を頼って吹きだまり、よって歌舞伎町界隈では殺傷事件が多いといわれます」

「まあ、そういうことなんだろうと思う」

と、赤バッジは言った。

「それで？　お菓子とどうつながるわけなの？」

神鈴が訊くと、赤バッジは困ったような顔で頭を掻いた。

「ふん。赤バッジはガラにもなく、女たちの無念に心が動いたのだろう。菓子を供えてやろうという気になったのさ――」

広目が言って立ち上がり、

「――新入りに感化されたのか？　それも仕方なかろうな」

率先して合掌し、目を閉じた。赤バッジが買ってきた菓子は、花のような、お香のような香りを放つものだった。それがお茶の香りと相まって、ミカヅチ班の部屋に漂っている。土門も神鈴も警視正さえも合掌して目を閉じたので、怜も同じくなにかに祈った。瞑目して視力を遮断してしまうと、香りと空気を深く感じた。赤バッジがいる方向から、秋の日だまりで感じるような心地よい暖かさが漂ってくる。あんなに怖い顔なのに、と、怜は思い、彼が照れて言えなかったことを代わりに語った広目を思った。

思いは悲しい魂に届くだろうか。それとも彼女たちはすでに植物に生まれ変わって、したたかに生を貪っているのだろうか。

祈りのあとで、弁財天の菓子をいただいた。豪快に齧り付いた赤バッジが、

「ぐわっ、硬ってえ！　歯が折れるかと思ったわ」

と、悲鳴を上げて、

「愚か者め。手で砕いてから食べればよいものを」

と広目が言い、砕こうとしたが砕けなかったので、赤バッジは、

「ぎゃはは」と笑った。

「このお菓子はね、底の丸みを押し上げるようにして砕くのよ」

「ガツガツと齧り付かないことがコツですね。なんというか……そこにも女たちの望みが生きている気がします」

土門は静かにお茶を啜りつつ、奥歯で菓子をかみ砕く。

餡に混じった香辛料が花々のように香って漂う。それを警視正が堪能(たんのう)している。怜は仲間たちの様子を見ながら、初めての菓子を味わった。確かに硬くて嚙みにくいけれど、砕いて奥歯に挟んでしまえば、嚙むほどに優しい味が広がっていく。主張しすぎない甘さの菓子だが、侮れないほど硬いところに大久保で生きた女たちの心意気を感じた。苦しみだけを抜き出せば救いはないけど、彼女たちにも幸せなときがあったと信じたい。

怜はまた少しだけ、ミカヅチ班を好きになり始めていた。

「少し前にも、麴町の吹きだまりが騒ぐ事件があったがね」

思い出したように警視正が言ったので、一同は菓子と格闘するのをやめてボスを見た。

「今回は歌舞伎町で化生が怪異を起こしたな？　こうしたことは今までなかった。少なくとも、私がこの班に来てからは」

「私も記憶にありませんなあ。と、言いますか、先日はリウさんでさえ同じようなことを言ってましたが」

土門も言った。

「なにかが起こっているってこと？」

神鈴が呟く。そして誰からともなく警視正の後ろにそびえる扉を見つめた。

「……あ」

そのとき、突然、怜は思い出したのだ。

——時が来る……その時が来るぞ……——

あの声を聞いたのは半年ほど前のこと。平将門の首塚の近くだった。

その夜、自分は見知らぬ二人の男とすれ違い、背の高いほうの男に死霊が憑いているのを見たのだ。

そっちへ行くのは凶ですよ。

怜は二人に忠告したが、彼らはそのまま首塚へ向かい、一人が首を落として死んだ。

目の前には、首がつながっていない警視正の幽霊がいる。自分の頭蓋骨を拠り所として、ミカヅチ班の指揮を執っている。

もしかして、あの声が、何かの前触れだったのだろうか。

鉄の扉は沈黙している。その奥に何が眠っているのか、怜は知らない。

将門の首塚で聞こえた不穏な声も、今は聞こえてこなかった。

To be continued.

参考文献

『続　明治開化　安吾捕物帖』坂口安吾（角川文庫）
『舌を抜かれる女たち』メアリー・ビアード著　宮﨑真紀訳（晶文社）
『江戸街談』岸井良衞（毎日新聞社）
『江戸・東京の事件現場を歩く』黒田涼（マイナビ出版）
『かぎりなく死に近い生　命の思想、死の思想』荒俣宏責任編集（角川書店）
『看板建築・モダンビル・レトロアパート』伊藤隆之（グラフィック社）
『だいくとおにろく』松井直再話　赤羽末吉画（福音館書店）
旅館業法について　厚生労働省
https://www.mlit.go.jp/common/001113521.pdf
旅館業に関する規制について　厚生労働省
https://www.mlit.go.jp/common/001111877.pdf
メール引用：花川逍遥

本書は書き下ろしです。

この物語はフィクションです。実在の人物・団体とは一切関係ありません。

〈著者紹介〉

内藤 了（ないとう・りょう）

長野市出身。長野県立長野西高等学校卒。2014年に『ON』で日本ホラー小説大賞読者賞を受賞しデビュー。同作からはじまる「猟奇犯罪捜査班・藤堂比奈子」シリーズは、猟奇的な殺人事件に挑む親しみやすい女刑事の造形がホラー小説ファン以外にも広く支持を集めヒット作となり、2016年にテレビドラマ化。本作は待望の新シリーズ第2弾。

呪街（じゅがい）
警視庁異能処理班（けいしちょういのうしょりはん）ミカヅチ

2022年8月10日　第1刷発行　　定価はカバーに表示してあります

著者……………………内藤 了（ないとう りょう）

発行者……………………鈴木章一
発行所……………………株式会社 講談社
〒112-8001 東京都文京区音羽2-12-21
編集03-5395-3510
販売03-5395-5817
業務03-5395-3615

本文データ制作…………講談社デジタル製作
印刷……………………株式会社広済堂ネクスト
製本……………………株式会社国宝社
カバー印刷………………株式会社新藤慶昌堂
装丁フォーマット…………ムシカゴグラフィクス
本文フォーマット…………next door design

ISBN978-4-06-528951-8　N.D.C.913　234p　15cm

地獄の犬がやってくる。

善人にも悪人にも、

別け隔てなく。

内藤了

警視庁
異能処理班
ミカヅチ
第三弾

2023年初頭、物語は動く。望むとも、望まずとも。

呪(のろ)いのかくれんぼ、死の子守歌、祟(たた)られた婚礼の儀、トンネルの凶事、
桜の丘の人柱、悪魔憑(つ)く廃教会、生き血の無残絵、雪女の恋、そして——

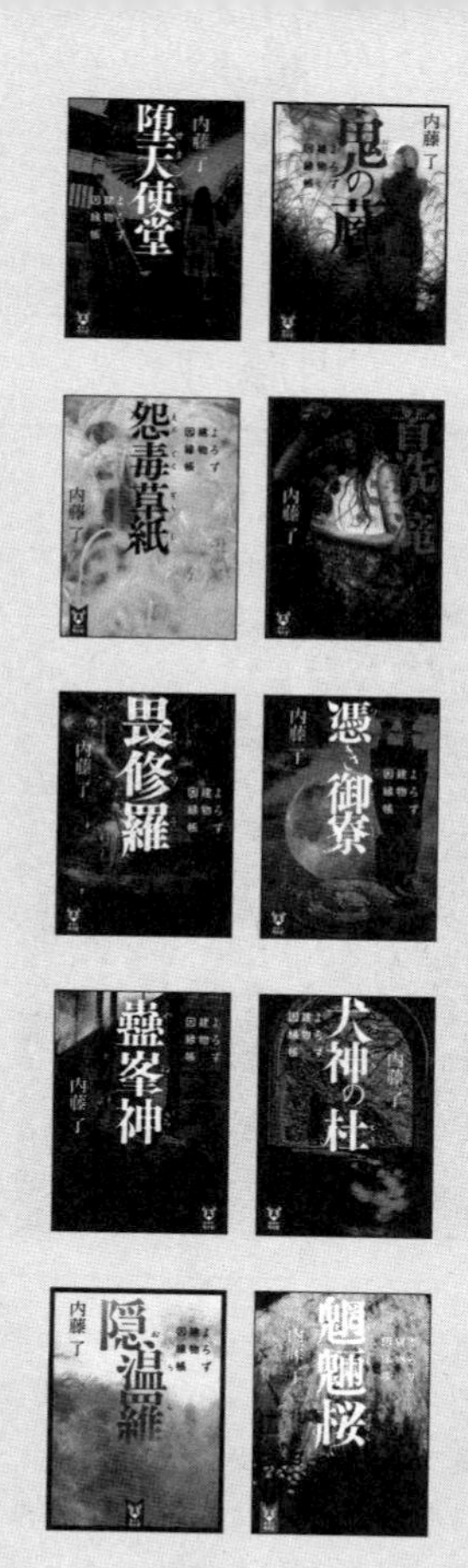

これは、〝サニワ〟春菜(はな)と、建物に憑く霊を鎮魂する男——仙龍(せんりゅう)の物語。

よろず建物因縁帳

内藤了

警視庁異能処理班ミカヅチシリーズ

内藤 了

桜底（さくらそこ）

警視庁異能処理班ミカヅチ

ヤクザに追われ、アルバイト先も失った霊視の青年・安田怜（やすだれい）は、路上で眠っていたところ、サラリーマン風の男に声をかけられる。曰く「すこし危険な、でも条件のいい仕事を紹介しよう」「場所は警視庁本部——」警視正は首無し幽霊、同僚も捜査一課も癖の強いやつばかり。彼らは人も怪異も救わない。仕事は、人知れず処理すること。桜の代紋いただく警視庁の底の底、彼らはそこにいる。